幸福な食卓

瀬尾まいこ

講談社

目次

装幀　鈴木成一デザイン室
装画　いとう瞳

幸福な食卓

幸福な朝食

1

「父さんは今日で父さんを辞めようと思う」

春休み最後の日、朝の食卓で父さんが言った。

私は口に突っ込んでいたトマトをごくりと飲み込んでから「何それ？」と言って、直ちゃんはいつもの穏やかな口調で「あらまあ」と言った。


我が家は朝ご飯は全員がそろって食べる。母さんと父さんが隣同士に座って、直ちゃんが母さんの向かい、その隣に私が座る。母さんが決めた習慣なのに、母さんがいなくなってからも正しく守られている。

日曜日も、誰かが用事で早い時も、みんなで食卓を囲む。たとえ病気で寝込んでいても、わざわざ起こされて食欲もないのに食卓に座らされる。直ちゃんと私の修学旅行の時と父さんが入院していた時以外は、いつもみんなで朝食を食べた。物心ついた時からこのスタイルで朝食を取っていたから、これが当たり前だと思っていたけど、ちっとも合理的でない面倒な習慣だ。第一に、時間を合わせるのが困難でたまらない。小さい時は良かったけど、大きくなってみんなの生活スタイルが変わっていくと、用もないのに不必要に早く起きたり、急いでいるのにみんなを待たないといけなかったりする。

そして、ややこしいのは、みんなが重要な決心や悩みを朝食時に告白することだ。家族が確実にそろうのが朝食だから仕方ないけど、直ちゃんが進路を決心したことも、母さんが家を出ることを決めたことも朝に知った。私たちは重い心地になったり、衝撃を受けたりしながら一日を迎える。

「父さんを辞めるってどういうこと?」

父さんはまじめで慎み深く、突拍子もないことを言うタイプの人間ではない。

「まだ父さん自身もどうしたいのか、はっきりした見解は持てていないんだ。でも、今の状況では無理があるかなと思ってる。父さんのままでは支障を来しそうな気がしてるんだ」

父さんは遠慮がちに説明したけど、私はなおさら意味がわからなくなった。

「支障って何の?　何に無理があるの?」

「それはちょっと、父さんにもわかんないんだけど」

「何それ。ものすごく変なの」

私が不服そうに言うと、直ちゃんが父さんに穏やかに訊いた。

「例えばさ、どういう感じになるの？」

「そうだな。具体的にはまず、仕事を辞めようかなと思っている」

「それはわかりやすいね」

父さんの答えに、直ちゃんは好意的に言ったけど、仕事を辞めることは父さんを辞めることより大問題だ。私はさらにびっくりして、声が大きくなった。

「どうして仕事まで辞めちゃうのよ」

「他にいい方法が見あたらないし、ちょうど仕事にも疲れてはきているし……」

父さんは中学校で社会を教えている。教育大学を出てすぐ地元の中学で働きはじめて、今年で二十一年目になる。今まで、小さな愚痴を聞いたことはあったけど、辞めたくなるような話は出たことがなかった。いつも朝早く出勤して、たっぷり残業して帰ってくる。土日でもクラブに出かけ、それなりに充実してるように見えた。

「疲れたって、まだ父さん若いのに。うちにはもっと年寄りの先生がいっぱいいるよ」

私の通う中学校は辺鄙《へんぴ》な場所にあるせいか、先生の年齢層が高い。父さんより年寄りの先生がほとんどだ。

「仕事辞めるのもなかなかいいじゃない。じゃあ、他には？」

直ちゃんが二杯目のコーヒーを入れながら言った。

「そうだなあ……。長いこと父さんでいすぎたせいで、他にはどうすればいいのか思いつかないなあ」

父さんが首を傾げた。

「旅にでも出たら？」

「旅は面倒くさい。父さん枕が変わると眠れないタイプだから」

直ちゃんの無責任な提案に父さんがのんきに答えた。

「ちょっと待ってよ。父さんが仕事辞めて、どうやって生活するの？」

どんどん進んでいく直ちゃんと父さんの話に私は不安になった。まだ家のローンだって残ってるはずだ。だけど、父さんはたいして気にもならない様子で、

「貯金はあるし、もちろん仕事も探すよ」

と言って、働きはじめてちょうど一年になる直ちゃんも、

「俺も働いてるんだし、何とかなるよ。ね」

と言った。

「だったらいいんだけど」

直ちゃんが何とかなるというのなら、何とかなるのだろう。直ちゃんは軟弱だけど、物事を何とかする力にはすぐれている。

「とにかくこれからは父さんのこと、もっとフラットに見てくれたらいい」

いまいち腑に落ちない私に父さんが言った。

「フラット？」

「そう。今日からは父さんじゃなく、弘さんとでも呼んでくれたらいいよ」

父さんは少し照れながら言った。

「弘さん？」

私がいぶかしげな顔をすると、直ちゃんは相変わらずすました表情で、「それでいいんじゃない」と言った。

「うまくいくかどうかわかんないけど、できることからやっていこうと思う」

父さんは最後にそう宣言をした。そして、私の顔を見て「いいかな？」と訊いた。

父さんはいつも私の反応を気にかける。私に多くのことをゆだねている。もうあれから五年も経つのに……。そして、私はいつも父さんを安心させるように答える。

「いいけど。うん。いいと思うよ」

そう言うと、父さんはほっとしたようにうなずいた。


私たちはとても優しい家族だ。父さんを辞めるなんていう厄介な申し出もそれなりに受け容れる。私も不安定な反抗期の情緒をうまく操っている。

直ちゃんにも私にも、思いやり深い父親と母親の性分が遺伝しているのかもしれない。だけど、それだけじゃない。私たちは努力をし、いたわり合い、尊重し合い一緒に暮らしている。

「なんかややこしいなあ」

私は食べ終えた食器を流しに運びながらつぶやいた。

「何が？」

直ちゃんがきょとんとした顔をした。

「何がって、父さんが父さんをやめちゃうんだよ」

「ああ、そのことか」

「そのことかって、のんきだねえ。大問題じゃない」

「そんなの、ただ、呼び名が変わるだけだよ」

直ちゃんは簡単に言った。


翌日、早速事件が起こった。父さんは宣言通りできることから実行した。いつも一番に起きて食卓に着いている父さんが、朝食を食べはじめる時間になっても姿を見せなかったのだ。

「どうする？」

私は慣れない光景に落ち着かなかった。

「いいじゃない。二人で食べよう」

直ちゃんは、いつものペースでコーヒーを入れてテーブルに着いた。

「起こさなくていいかな」

今まで特別な理由なしに朝食に家族がそろわなかったことはない。朝食時の家族の不在はすごい違和感がある。

「大丈夫。起きてるよ」

直ちゃんの言うとおり、規則正しい父さんは目覚まし無しでも確実に起きる。

「でも変な感じ」

私も自分の分の牛乳を入れて直ちゃんの隣に座った。

目の前に誰も座っていない眺めの良さは朝食時にはバランスが悪い。二年生に進級するという記念すべき朝なのに、すっかり調子が狂ってしまう。

「いいじゃない。兄妹水いらずの朝食っていうのも。働く意欲がいつもの倍になる」

直ちゃんは何でもいい人だからご機嫌に笑った。

「まあね」

朝ご飯はいつもより早く食べ終わった。食べる人数と食べるのにかかる時間は比例するんだよと、直ちゃんが言った。だとしたら、一人で朝ご飯を食べれば、もっと遅くまで寝ていられるんだなあと考えていたら、それは悪い傾向だと直ちゃんが顔をしかめた。

かばんを持って、玄関に向かう頃に父さんが降りてきた。

「だめだ。やっぱり」

父さんはおはようも言わずにそう言った。

「見送らずにはいられないのね」

私が言うと、父さんは苦笑した。

「ああ、なかなか父さんから脱出できない。いってらっしゃい」

始業式は昼までだったから、進級した報告も兼ねて帰りに母さんの家に寄った。といってもうちの学校は少人数校で、クラス替えがないからあまり変化がない。でも、二年生になったのは気分がいいし、担任が山元先生になってちょっとご機嫌だ。

山元先生は生徒には人気がないけど、私は気に入っている。元々高校の教師だった山元先生は、生徒と一緒に活動するのは苦手で、行事やクラブには目に見えて消極的だ。中学校の教師だというはつらつさがまったく感じられない。だけど、山元先生の授業はいかしていた。数学教師なのに、「美」にこだわる。黒板に書く字も美しいし、言葉遣いも美しい。比にしても方程式にしても美しさがあるらしい。中学生の私には先生の美学はさっぱりわからないけど。

「ただいまー」

私はアパートのドアを開けながら、中に声をかけた。いつも母さんは鍵をかけてない。一緒に暮らしていた時は慎重だったのに、一人になってからすっかり大まかになってしまった。

「あら、ようこそ」

私が台所まで入っていくと、母さんは手を動かしたまま顔だけこちらに向けた。

「あ、グッドタイミングだ」

台所にはよい匂いがしている。ちょうど昼食の準備をしていたらしい。

「狙ってきたわね」

母さんが笑った。

「当然でしょ？　子どもにご飯を食べさせるのは母親の義務なのよ」

「そうだったのか」

母さんは素直に納得すると、フライパンを火にかけた。

「何作ってるの？」

私はフライパンの中を覗いた。蕎麦《そば》と白ねぎが炒《いた》められている。白ねぎの焦げる匂いがそそられる。

「この中にね、醤油《しょうゆ》と生クリームを入れるの」

母さんはそう言いながら、冷蔵庫から生クリームを出してきた。

「えー。気持ち悪い。蕎麦と生クリームって」

「でしょ。でも、おいしいって宮崎さんが言ってたのよね。ほら、あっという間に出来上がり」

宮崎さんというのは母さんがパートで働いている本屋のおばちゃんだ。いつもちょっと変わった情報を提供してくれる。

私は大きさの違う皿を二枚用意し、緑茶を入れた。母さんはほとんど何も持たずに家を出たから、食器が少ししかない。

「どう？」

私は先に口にした母さんに訊いた。生クリーム蕎麦は一応おいしそうな匂いがしている。

「さあ」

母さんはにやりと笑った。

自分で食べてみなさいってことだ。父さんはたわいない質問にでも、丁寧に正確に答えてくれるけど、母さんは私が子どもの頃から、答えを明かさない。

私はちょっと戸惑いながら、薄茶色の不思議なお蕎麦を口にした。

「あれ？　おいしいかも」

「うん。おいしいらしいね」

母さんが答えた。

「醤油と生クリームって合うんだねえ」

私は妙に感心した。

「白ねぎがポイントなのよ」

「意外な組み合わせでできる美味《うま》さって癖になる」

私は感想を述べながら、生クリーム蕎麦をお代わりした。

一人暮らしを始めてから母さんの料理のバラエティはすごい勢いで広がった。みんなで暮らしていた時から料理は上手だったけど、食卓にはいつも定番のありきたりなものが並んでいた。でも、一人になった母さんの料理は創意工夫がすばらしい。

「家族のごはんっておかしなもの作れないでしょ」

母さんが言った。

「そうかなあ」

「そうなのよ。栄養のバランスと確かなおいしさの保証が大切なのよ」

母さんは首を傾げる私に断言したけど、そんなことはないはずだ。父さんは融通《ゆうずう》の利かないところはあるけど、人の作るものに文句を言うタイプではないし、直ちゃんは何を食べてもおいしい人だから。

「その点、一人はいいわよ。失敗して夕飯がなしなんてことになっても、困るのは自分だけなんだもの」

母さんは一人暮らしをいたく気に入っている。今まで一人暮らしの経験がなかった母さんは今の生活が新鮮でたまらないらしい。一人になって戸惑っていたのは初めのうちだけで、母さんは一気に奔放に適当におおらかになっていった。

「父さんが父さんを辞める話聞いた？」

私は、そばを食べ終えてお茶をおいしそうに飲んでいる母さんに訊いた。父さんは離れていても我が家で起こる諸々《もろもろ》のことをきちんと母さんに報告する。

「父さんを辞めるんだったっけ？　教師を辞めるとは聞いたけど……」

母さんが少し首をかしげた。

「教師も辞めるし、父さんも辞めるんだって」

私は人ごとのように言った。

「あらまあ。忙しいのね」

母さんはそう言って、手際よく後片付けを始めた。

「忙しいのかなあ。仕事も父さんも辞めちゃうんだよ。暇になるんじゃないの？」

「それだけ自分の環境が変わるんだもの。なじむだけで忙しいわよ」

一年経って、一人暮らしにも、働くことにもすっかり慣れた母さんが言った。

「そういえば、大変そうだったかな」

私は朝の父さんの顔を思い出して、少し笑った。

「今日はどこ？」

「今日は和菓子屋。春はいろんな種類の和菓子が出るから大繁盛よ」

母さんは和菓子屋と本屋の販売員と鍼灸院《しんきゅういん》の受け付けの仕事をしている。どれも適度に忙しくて、それなりに愉快らしい。

母さんは家を出て仕事を始め、父さんは父さんを辞めて仕事を辞める。


家に帰ると、父さん、もとい、弘さんはいなくて直ちゃんのギターが騒音を立てていた。

直ちゃんは器用な人だけど、ギターだけは恐ろしくへたくそだ。小学校高学年からギターを始めて、もう十年近く、暇さえあれば練習しているのに、一向に上達しない。なのに、直ちゃんは自分の腕には気付かず、毎日ご機嫌でかき鳴らしている。

「ただいまー」

私がドアを開けると、直ちゃんは歌うのを止めずに顔を上げて、眉毛だけで「おかえり」の合図をした。

真夜中のドライビング

急スピードで
お前の元に駆けつけていくから
変な歌。歌詞もいい加減だけど、伴奏はもっといい加減だ。元の曲を聴いたことのない私にも、絶対間違っているとわかる。だけど、直ちゃんはいつだってめちゃめちゃなコードにでたらめな歌詞をのせて熱唱する。

「おかえりなさい」

直ちゃんは一通り最後まで歌い終えて、ギターを置いてから言った。私はもう一度「ただいま」を言った。

「今の曲、何？」

「知らない。どこかで聴いたことある曲」

直ちゃんは毎日、毎回違う曲を歌う。スローな曲だったり、激しかったり。英検一級の腕前で歌う流暢《りゅうちょう》な英語の歌の時もあれば、フランス語なのかイタリア語なのか判別のつかない片言の歌の時もある。ラララーばかりで三十分近く続く聞くに堪えない歌の時もある。よく知りもしない歌を直ちゃんは歌い上げる。どこかで聴いただけのうろおぼえの曲ばかり弾くから、いつまで経っても一曲もマスターできないんだと思う。

「変な曲」

私は直ちゃんのベッドの上に腰掛けた。直ちゃんのベッドは固くて座り心地が悪い。

「二年生はどうだった？」

直ちゃんはくすっと笑ってから、訊いた。

「えっと、担任が山元先生になって、クラスはそのまんま」

「それはすばらしい」

「でも、班を決めて、三班になったの」

「それもすばらしい」

「でね、坂戸君と同じ班なのだ」

私は、へへって笑った。坂戸君は勉強はできないけど、なんでもやることが速い。走りも速いし、給食を食べるのも誰よりも速い。父親の教えを守りゆっくりよく噛んで食べる私は、いつも給食を食べるのが遅れる。時々坂戸君は私が食べられなくなったものを横取りしてくれる。

「坂戸君ってあのさらさらヘアのさわやかな子？」

直ちゃんは知りもしないくせに言った。

「まあね」

本当は坂戸君は丸坊主だけど、面倒だから頷いておいた。

「あれ、直ちゃん仕事は？」

直ちゃんはだいたいいつも六時過ぎに帰ってくる。今日は、まだ四時前だ。

「僕は晴耕雨読だから」

直ちゃんはそう言うと、またギターを担ぎ出した。

「セイコウウドクって何？」

そう訊いたのに、直ちゃんは、

「リクエストは？」

とジャーンと濁った和音を響かせた。またわけのわからない歌が始まる。

「たまには知ってる歌、歌ってよ」

私は叶わないことをお願いした。

「よし、じゃあ、これにしよう」

直ちゃんはそう言って、歌いはじめた。

　たいくつでたまらない
　一人ですごす部屋は
　どうしようもなくつまらない
「何その歌？」

「知らないの？」

直ちゃんは今度は歌うのを中止して驚いた。

「知らないよ。何て曲？」

「名前は知らないけど、昔よく弘さんが歌ってた。だから、佐和子も知ってると思ったんだけど」

順応性抜群の直ちゃんはもう何回もそう呼んでいるかのように、父さんのことを弘さんと言った。

「えー、聴いたことないよ」

物心ついてからは父さんが歌を歌う場面に出くわしたことがないし、直ちゃんのギターがまともに曲を奏でられるわけがなかった。

「それは嘆かわしい」

直ちゃんは眉をひそめて言うと、またでたらめな歌の続きに戻った。


直ちゃんが大学には行きませんと宣言したのも、例に漏れず朝食の時だ。今年の秋は異様に暑い。十月ももう終わりなのに、庭の草木も青々してる。これは何か変なことが起きそうだね。と、父さんが話した後だった。

直ちゃんが大学に行かないことにはみんなが本当に心底びっくりした。まだ小学生だった私も、すごいことだと思った。

直ちゃんは小さいこの地域では評判の天才児だった。小学生の時からずば抜けて頭がよく、中学校に入ってからの成績は全教科いつも学年で一番だった（もちろん、音楽を除いて）。高校でも、学年一位の成績を三年間保ち、独学で漢字検定と英語検定の一級を受けて合格した。

直ちゃんはこつこつ勉強するタイプではなく、短時間で大きな成果を上げるタイプだった。記憶力に優れ、要領よく物事をこなし、勘をうまく働かせた。試験の山をはればいつも的中したし、ラジオの英会話教室だけで抜群の発音を身につけた。

勉強しても疲れない。勉強には何の苦もない。直ちゃんはよく言っていた。

「勉強は好きじゃないし、たとえ大学に行っても、無駄に時間を過ごしてしまいそうだから。明確に実感したいんだ。もっとわかりやすい方法で、何かをしたって。そういう毎日を送りたい」

直ちゃんは静かに、でもしっかりとした口調で言った。

「勉強したり、部活したり、日々充実させればいいじゃないか。時間を無駄にするかどうかは自分しだいで何とでもなる」

父さんの語気が珍しく強くなった。

「勉強や、クラブやそういうことに僕は充実感を感じない。いくら頭を使っても、どこも疲れない。どこかを動かしている気さえしない。スポーツだって僕にとっては趣味の範囲を出ないんだ」

昔から、勉強もスポーツも直ちゃんはごく自然にやっていた。それで勝手に結果がついてきていた。

「中学や高校の勉強とは違う。大学はもっと広く深い知識を与えてくれる場だ」

父さんは教師らしいことを言った。

「広く深い知識？　何について？　僕は何も深く知りたくない。本当に知りたいことは、自分一人でだって知ることができる。せいぜい千人前後の同世代の集団の中でそんなに視野が広がるとも思えない」

こんな理屈を述べるなんて、ちっとも直ちゃんらしくなかった。

「じゃあ、いったいどうするの?」

その頃、すっかり声を出すことのなくなっていた母さんが心配そうに訊いた。

「ちゃんと考えてるよ」

直ちゃんは二人をしっかり見た。

「大学を出て、会社で働く。例えば、父さんみたいに教師になる。仕事の多くは、頭を使うだろ? きっと、僕はどれだけ頭を使っても、満足しない。僕はもっとわかりやすいことをしたいと思ってる」

「わかりやすいことって何だ」

「農業。食べるためのものを作って、食べるために働く。単純明快に僕を動かせる気がするんだ」

小学校の卒業文集も中学の時の寄せ書きにも、高校に入ってからの書き初めでも、直ちゃんは「単純」とか「簡潔に」とか「シンプルになりたい」とかそういう類の言葉を書いていた。その後、父さんが、何度か直ちゃんに話をしたようだったが、直ちゃんの意志は変わらなかった。直ちゃんは「青葉の会」という無農薬野菜を作る農業団体で働いている。


「ただいま」

父さんは日が暮れるのと同時に帰ってきた。

「どこに行ってたの？」

「このあたりを散策していた」

父さんは少し照れくさそうに言った。

「朝から？」

「ああ。毎日仕事してると、周りをゆっくり歩くこともなかっただろう。歩いてみるとおもしろいね。おいしそうなパン屋を見つけたから、フランスパンを買ってきたよ」

父さんは、しゃれた紙包みを机に置いた。

「なんか父さんがパン買うなんて、すごいね」

「ついでに、母さんの、もとい、妻の職場に行って和菓子も購入してきた」

「ちっとも、らしくないね」

私が言うと、父さんは満足げに「だろ？」と言った。そして、母さんに半額にしてもらったと嬉々とした。

「それより、仕事は？　探すの？　見つかりそうなの？」

そう訊いていると、直ちゃんが二階から下りてきて、

「女って現実的だよね」

と言った。

「まったく。母さんも佐和子と同じ質問をしてたよ」

父さんは直ちゃんと笑った。

「さあ、夕飯にしよう。仕事もせず、ふらふらしていたらおなかがすいてしまった」

父さんはのんきなことを言うと、食卓に向かった。

「夕飯って、まだ早いし、何もないよ」

家を出てからも、夕飯はほとんど母さんが届けてくれる。ただ、金曜日は母さんのパートが遅いので、直ちゃんか私が作るのだ。

「桜餅と、フランスパンとでいいじゃないか」

父さんが言った。

「夕飯に？」

私は驚いた。

我が家は朝食にかぎらず、ちゃんとした食事をとる。母さんがいなくても、直ちゃんの職場の野菜などでバランス良い食事をしている。ファーストフードどころか、インスタントやレトルトのものすらあんまり食べない。

「いいね」

直ちゃんが賛成した。直ちゃんは結局何でもいいのだ。

父さんは桜餅を二十個も買っていた。知っている人が売っていると思うと、ついつい買いすぎたのらしい。

桜餅の夕飯はちょっと悪いことをしているようで、わくわくした。なんだか、小さい時、夜中に直ちゃんとこっそり、アイスクリームを食べたときのような感覚だ。私と直ちゃんは同時にそれを思いだしてくすくす笑った。甘いものが苦手な父さんは渋いお茶を何回もお代わりしながら桜餅をせっせと食べた。

2

父さんが父さんを辞めて一週間近くが経ったけど、変化はほとんどなかった。

父さんを辞めたのだから、何をしても文句を言われないだろうと、しめたと思ったこともあったけど、これといってはめをはずしたいこともなかった。

「まじめにできてるんだなあ。私って」

私がつぶやくと、直ちゃんが笑った。直ちゃんは、男のくせにくすくす笑う。

もともと父さんは私に対してはとやかく言う親ではなかった。私を尊重し、丁寧に接してくれているのは簡単に見て取れた。そしてそれが却って、滞《とどこお》った気持ちを呼びおこさせた。

「佐和子も彼氏とかできるとうるさいって思うんじゃない?」

直ちゃんはグレープフルーツを剝《む》きながら言った。冷やしておいて、食後のデザートに食べるためだ。グレープフルーツは半分に切って食べる方が手っ取り早いけど、直ちゃんはちゃんと一房ずつ剝く。

「それまで父さんに戻らないといいなあ」

「もう辞めたんだから戻らないんじゃないの?」

グレープフルーツを剝きおえた直ちゃんは皮をそこら中に置いた。部屋がさわやかな匂いで満ちる。どちらかというと、朝の匂いだけど。

「そうなのかな？　二、三ヵ月で父さんに戻るのかと思った」

「どうだろうね。ま、どっちでも一緒だって。さ、おなか空いたし、先にご飯食べちゃおう」

直ちゃんは働きはじめてから、食欲が二倍に増えた。そのことをすごく嬉しく思っているらしく、直ちゃんはしょっちゅうおなか空いたを連発する。

今日の夕飯は母さんにもらった鰆《さわら》の西京漬けと切り干し大根の煮物とつぶしたじゃが芋に塩とこしょうと酢を混ぜただけのサラダ。それと炊きたてのご飯に生卵。

昔は生卵は苦手だったけど、直ちゃんが青葉の会の卵を持って帰ってくるようになって、欠かさず食べるようになった。青葉の会では鶏を平飼いにしていて、よく動かしているから卵がすごくおいしい。口の中でとろんと柔らかい味が広がる。

「いただきます」

直ちゃんと私は、二人の時にも隣同士に座る。母さんが家を出てから、二人で夕飯をとることが多くなって、向かい合わせに座った方が広々と食卓を使えて便利だなと薄々勘づいているのだが、どちらも実行に移さない。

「どっち？」

濃い茶色の卵と薄茶色の卵を直ちゃんが両手に持って見せた。

「こっち」

私は濃い色の卵を選んでお椀に割った。

「なかなか良い選択だね」

直ちゃんは黄身の具合を見ながら言った。白身の粘りがなくなるまでよく混ぜて、醤油をほんの少しだけ入れる。直ちゃんは醤油をかけずにそのままご飯にかける。

「こればかりは何度食べてもおいしいね」

本当にそう思う。直ちゃんの持って帰ってくる野菜も、母さんの新しい料理もおいしいものはたくさんあるけど、たいてい食べているうちに味になれてしまう。だけど、卵かけご飯は毎回おいしくて感動する。

「今日のはクリスティーヌと正子の卵を持って帰ってきたから」

直ちゃんが言った。

「鶏に名前あるの？」

「当然」

直ちゃんが勝ち誇ったように言った。

「鶏なんてみんな一緒に見えるけど、毎日接している人が見るとやっぱり違うんだね」

青葉の会では百羽以上鶏がいる。平飼いにしているから、どの鶏もいつも忙しく動いていて、さっぱり見分けがつかない。

「毛の色や鶏冠《とさか》の具合や性格だって一羽一羽違うからね。と言っても、僕にはクリスティーヌしか違いはわからないけど」

直ちゃんが言った。

「どうしてクリスティーヌだけわかるのよ」

「なんか、かわいいんだよね。惚れてるのかな」

直ちゃんは、ふふっと笑った。

クリスティーヌか正子か知らないけど、卵はおいしかった。


すっきり晴れた気持ちの良い朝、父さんは次の宣言をした。

最近では朝食の席にすっかり遅れてくるようになった怠慢な父さんが、朝から自分の席に早々と座っていた。

「今度は何?」

私が訊くと、父さんは「何が?」と訊いた。

「何か言うんでしょ?」

「ばれてしまったか」

父さんはそう言って、父さんを辞めることを告白したときよりもはにかんで、

「大学に行こうと思ってるんだ」

と言った。

「もう父さん大学出てるじゃない」

「ああ。今度は薬学部で勉強したいなって」

父さんはここ何日かでいろいろな大学の情報を集めていたらしい。

「薬学部？　これまたどうして？」

直ちゃんが言った。

「薬剤師の国家試験を受けるには薬学部で勉強しないといけないらしいんだ」

父さんが当然のことのように言った。

「薬剤師の国家試験を受けるって、いったいどうして？」

私が言った。

「製薬会社で薬を作るのには、薬剤師免許がいるだろ？」

「確かそうだね」

直ちゃんが頷いた。

それって製薬会社で働くということなんだろうか。今まで父さんが薬品に興味を持っているような話は一度も聞いたことがない。父さんが大学に行くということは父さんを辞めるということよりわかりにくかった。でも直ちゃんは「何にしろ始めることは爽やかで好ましいんじゃない」と大賛成をした。

「佐和子はどう思う？」

父さんがいつものように私に訊いた。

「父さんの自由だし、勉強するのはいいことだと思う」

私が答えると、父さんが頷いた。

「というわけで、今日から僕は必死で勉強するから」

「じゃあ今日からは浪人生だね」

私が言うと、父さんは嬉しそうに「やっと役職ができたな」と笑った。


父さんが浪人生になるということより、今日の給食の献立の方が参った。先週塩焼きで出たところなのに、今日はみそ煮となって鯖《さば》が登場する。

うちの学校は海が近いせいか、一ヵ月に三回は給食に鯖が出る。鯖は腹の部分がぶよぶよしているし、皮の模様が気持ち悪くて私は大嫌いだ。

「でも、給食の鯖はほとんどノルウェーからの輸入なんだぜ」

坂戸君が言った。

「じゃあ、なんでこんなに出るの?」

「安いし、形も均等なのが多いから給食向きなんだ」

「ふうん」

やっぱり坂戸君ってすごいなと思う。ちっとも勉強できないくせに、彼の頭は実生活向きの知識が詰まっている。

坂戸君は中学一年生の三月にやってきた転校生だ。もうすぐ学年が変わるという半端な時期にやってきた坂戸君は、案の定、さっぱりクラスになじめなかった。

坂戸君は賢くない嫌な奴だった。体育とか音楽とか感覚でできることはやるけど、勉強はまったくしなかった。こつこつ努力するってことをしようとしない。時間割も合わせてこないし、宿題などまずしてこなかった。

友達に対してもそんな感じで、その時その時その場に応じて適当に付き合っていた。真剣に交流を持とうという意識はまるでなかった。転校してしばらく経っても、クラスの子の名前すら覚えてなかった。

転校してきて少ししてからの席替えで坂戸君は私の隣の席になった。隣の席になった最初の授業で坂戸君は教科書を忘れたことを私に告げた。

「じゃあ、見る?」

私が言うと、坂戸君が、

「見せたい?」

と言った。

何を言っているのだと思ったけど、坂戸君が教科書無しでは困ると思ったから、私は、

「見せたいってわけじゃないけど、見たほうがいいよ。教科書ないとわかりにくいから」

と言って、机をくっつけようとした。

すると、坂戸君はすました顔をしてかばんから教科書を出してきた。

「持ってたの?」

私が驚くと、坂戸君は、

「持ってたよ」

と平然と答えた。

「何でこんな嘘をつくのよ？」

さすがに私が怒ると坂戸君はかすかに笑いながら、

「隣の席の人間がどういう人間か知っておかないと、やりにくいだろ？　中原のことよくわかったよ」

と言った。

「わかったって？」

「友達になりたい。お前優しいもん」

坂戸君はストレートに言った。

転校が多いせいで、相手の内面を知って友達になる時間がない。手っ取り早くいいやつと友達になりたい。坂戸君はそう言った。

面と向かって友達になりたいなんて言われたことのない私は、ちょっとドキドキした。そして、私と坂戸君は友達になった。

「どうしたら鯖を給食から追放できるかな」

私はつぶやいた。季節に関係なく鯖は給食に登場するんだから、たまったもんじゃない。

「給食のおばさんより先に鯖を買い占めてしまえばいいんじゃないの？」

坂戸君が言った。

「そんなお金無いよ」

「じゃあ、鯖を鰯《いわし》だと思いこんで食べる」

「私そんな想像力無いもん」

「鯖に泳ぎを教えて、捕らえられないように訓練するとか」

「鯖が泳ぎをマスターするまで時間がかかるよ。第一私泳げないし」

「じゃあ、一緒に給食室を襲撃しよう」

坂戸君が過激な提案をした。

「それならできそう」

「できるね。俺たちならね」

坂戸君が笑った。

「まあ、とりあえず今日のところは俺が食っとくわ」

「ありがと」

坂戸君は好き嫌いが全くない。給食を必ず残さず食べる。特に魚は好きみたいでよっぽどでない限り骨まで食べてしまう。私はその攻撃的な食べっぷりにすっかり心を奪われてしまっていた。


今日の朝食は豪華だ。当人は不在ではあるけど「母の日」だから。

母さんが持ってきてくれた春巻きや鮭のクリームスパゲティ、直ちゃんが職場から持って帰ってきた新鮮な野菜や果物が無秩序に並んでいる。我が家は昔から記念日は豪華な朝食をとる。中華とかイタリアンとか和食とかジャンルを決めないで、むやみやたらにみんなの得意料理や好物を並べる。

「いいねえ」

父さんが嬉しそうに言った。

「夜遅くまで勉強してるから、朝、おなかすくんだよね」

父さんの受験勉強は日に日に勢いを増していた。昼間は図書館で勉強し、夜は二時過ぎまで机に向かっていた。物事をお座なりにできない父さんは受験勉強には向かない。いらないものを省いたり、適当に流したりができないのだ。きっと小さなことまで徹底的に掘り下げているのだろう。朝起きると父さんは、長距離を走り込んだかのように疲れていた。

「葉が開くまで待っててね」

父さんが緑茶、私が牛乳、直ちゃんがコーヒーかカフェオレ。いつも飲むものはバラバラだけど、今日は直ちゃんが本格的に紅茶を入れてくれた。私とは違って季節や時間帯に感情も体調もまったく左右されない直ちゃんはいつでも機嫌がいいけど、今朝はいつも以上にウキウキしていた。

「何?」

私が訊くと直ちゃんがふふふと笑った。

「今日ね、僕の大切な人を連れてこようと思ってる」

「大切な人!?」

今までも直ちゃんに恋人がいるような気配は何回かあった。でも、家に連れてきたことは一度もなかったし、まして朝食で告白するなんてことはなかった。

「どうして突然」

「突然ではないよ。前からずっと連れてこようと考えてたんだ」

直ちゃんは紅茶を注ぎながら言った。

「誰？」

「それはお楽しみ」

「お楽しみって、かわいいの？」

「まあね」

直ちゃんが自慢げに微笑《ほほえ》んだ。

「私の知ってる人？」

「知ってるんじゃないかな？」

「えー？　誰？」

私がさらに質問しようとすると、父さんが遮った。

「それは夜のお楽しみにして、さっさと食べようよ。おなかすいちゃった」

「そうだね」

直ちゃんも恋人の話をやめて朝食に向かった。私はもっといろいろ聞きたかったけど、みんなの食べっぷりに巻き込まれてしまった。

昼前から母さんの家に出向いた。父さんに一緒に行こうと誘ったが、勉強があるからと断られた。

晴耕雨読の直ちゃんは土日でも仕事があることが多いので、浪人生の父さんと私の二人の時間は必然的に増えた。父さんも私もそのことを厄介だなと思っているのはお互いにわかっているくせに、それには触れずに二人で過ごした。父さんの気分転換にくっついて一緒に出かけることもよくあった。面倒ではあったけど、父さんが嬉しそうにしているのを見ると私はほっとしたし、父さんも私が楽しそうにすると喜んだ。私は父さんの誘いを断らなかったし、父さんも私の申し出は何でも受け容れる。だけど、さすがに娘に妻と会っている姿を見られるのが恥ずかしいらしい。ついこの間まで、一緒に生活をしていて、母さんと一緒にいるところをさんざん見せてきたのに。

「母の日だから、直ちゃんと私から」

私はそう言って、直ちゃんと一緒に買った食器セットをプレゼントした。

「まあ、ありがと」

母さんは喜んで早速包みを広げた。

「センスの良い子どもたちで良かったわ」

「かわいい柄でしょ」

皿は白く、黄色の小さな花柄が端に付いている。直ちゃんと結構真剣に選んだものだ。

「デザインもだけど、食器をプレゼントするってところがね」

母さんが言った。

「どうして？」

「この家で生活するための物を選んでくれるってことが好ましい」

母さんは丁寧に皿を食器棚に入れた。

家を出た母さんは、すっきり解き放たれたように陽気で寂しさは全くなかった。余分な物がないこの部屋も、開放的で今の母さんに似合っている。だけど、この部屋には場所を変えることでは剝がしきれない澱《よど》みが残っていた。いつまでたっても風呂場は使った形跡が感じられないくらいに磨きこまれている。

「よく似合うね」

母さんは食器棚越しに皿を見ながら言った。

「ほんとだ」

薄くて華奢《きゃしゃ》な食器はそれでも台所を少し充実させて見せた。


家に帰ると、宣言通り、直ちゃんが一目惚れの相手を連れて帰っていた。

直ちゃんが連れてきたのは、クリスティーヌだった。ボバンス・ゴールドラインというオランダ産の鶏だ。

「抵抗力も強いし、おとなしいし人なつっこいんだ」

直ちゃんは鶏を私の方に向かせて紹介した。

「なあんだ」

私はほっとすると同時に拍子抜けしてしまった。

「何？　がっかり？」

直ちゃんはそう言うと、庭にクリスティーヌの為のスペースを作り始めた。

「がっかりじゃないけど」

「佐和子も絶対気に入ると思うよ」

クリスティーヌは香ばしい日に焼けたような茶色の羽をしていて、確かにかわいらしかった。

鶏は寒さには強いけど暑さに弱いから佐和子と一緒でこれからの季節がちょっと心配だとか、清潔が第一だから食べ残しがないようにしないとだめなんだよねとか、直ちゃんはいろいろ説明しながら、クリスティーヌの部屋を仕上げていった。

そっか。もうすぐ暑い季節に入ろうとしてるんだ。私は遠慮がちに直ちゃんの周りをうろつくクリスティーヌを見てため息をついた。

3

体がじっとりして目が覚めた。しばらく何が起こったのかわからず考える。すごく嫌な心地が胸の中に残る。

梅雨《つゆ》が始まったんだ。

たっぷりと水分を含んだ空、湿り気を帯びた重い空気。どんなに気候が乱れても、梅雨はきちんとやってくる。そして、毎年欠かさず私の中にあのどろどろを呼び起こす。

普段はすっかり忘れていられるのに、梅雨が始まったとたん、リアルにクリアに思い出してしまう。そして、一度呼び起こされるとどうやっても消し去ることができず、適当にどこかに置いておくことができなくなる。押しやろうとすればするほど、頭の片隅でしっかりと存在を主張する。梅雨が終わるまで、太陽が湿気を拭《ぬぐ》ってくれるまで、私は苦しまないといけない。

あの出来事がこんな独特な季節に起こらなかったら、私はもっと上手に忘れられたのだろうか。時々思い出して胸が痛む程度でやっていけるのだろうか。

食卓に降りていくと、いつも通りに直ちゃんと父さんが座っていた。

「パン焼けたよ」

直ちゃんはおはようの代わりにそう言った。

「おはよ」

私はトースターからパンを取り出して、席に着いた。

「調子悪いの？」

いつもは食パンにマーマレードかバターを塗るけど、今日は何もつけなかった。直ちゃんがバターもマーマレードもたっぷり塗りながら訊いた。

「別に」

「大丈夫？」

父さんが静かに訊いた。

「うん、何とか」

私はそう言って何でもない顔をしようとしたけど、うまくいかなかった。

父さんがうかがうように私を見るのが、なおさら胸を悪くさせた。もう五年も経つのにそんな気弱な顔で私に接するのはやめてほしい。

「佐和子」

直ちゃんが丁寧に私の名前を呼んだ。

去年の梅雨も同じように朝から調子を崩して直ちゃんになだめられた。「朝から妹の不機嫌な顔を見ると、働く意欲をなくしちゃうからやめて」って。また、同じような理屈を聞かされるのかと私はうんざりして顔を上げた。

「何？」

「いや。すごくかわいいなあって。梅雨って湿度が高いから肌の調子がいいせいかな。今の佐和子ってすごくぎゅってしたくなる。ってだめ？　これって近親相姦になるのかな」

直ちゃんがそう言った。

「ちっとも面白くない」

そんな強引で姑息《こそく》な手段ではちっとも気分が晴れない。

「あっそう。残念」

直ちゃんはあっさりと引き下がった。

直ちゃんは自分の中でさっさと物事を片づけてしまえる能力を持っている。だから、十日も経てばどんな強烈なことだって直ちゃんには過去の出来事になっていく。私だって、それなりに時間を費やして、ちゃんと記憶を薄れさせているはずなのに、梅雨になると一気によみがえる。


五年前の梅雨。土曜日か日曜日だった。私は昼前から友達の家に出かけていた。みゆきちゃんの誕生日で昼ご飯をごちそうになった。フライドチキンとちらし寿司を食べて、みんなで人生ゲームをした。誕生日プレゼントのお返しにかわいいシャーペンをもらった私はうきうきしながら、夕方家に戻った。

家の前の通りに入った時、私は自分の家がいつもより殺風景に見えることに気付いた。天気のせいかな。梅雨をふんだんに表している雲が空に敷きつめられていた。少し違和感を感じながら玄関を開けた瞬間に、何かが起こっているのがはっきりとわかった。それもとんでもないことが。

私はすぐ母さんを捜した。捜さないとと思いつつ、居場所はわかっていた。風呂場だ。私の足は迷わず風呂場に向かっていた。

我が家の風呂場は他の部屋に比べるとゆったりと設計されている。湯船はそうでもないけど、洗い場も洗面所を兼ねた脱衣所もそれだけのためには広すぎるほど余裕がある。その広さは不必要で冬場には寒く、我が家の改善点としてあげられていた。

母さんは脱衣所にいた。風呂場のドアを開けたままで、ぺたんと座り込んで何か小声でつぶやいていた。笑ってるわけでも泣いてるわけでもなく、何かが抜けたような顔をしていた。

そして、風呂場の中には父さんがいた。よく着る薄黄色のシャツとベージュのズボンをはいて洗い場に横たわっていた。唇も顔色も青く、体中の力が抜けきっていた。

死んでる……。父さんの周りには黒味がかった血がたくさんあった。むやみにそこここに流れていた。

「母さん、救急車!」

私は叫んだ。

「ねえ、救急車呼ばないと」

何回も繰り返した。母さんの体を揺すって、大声で言った。でも、母さんには届かなかった。母さんは座り込んだままで「どうして」とつぶやいているだけだった。

私は自分で救急車を呼んだ。震える指で119を押し、聞かれたことに何回か間違いながらも答えた。

父さんは死ななかった。それどころか二日後には退院した。首筋と手首に切り傷ができただけだった。あれだけ血を流して、あれだけぐったりと倒れていて、何ごともないことには驚いた。

後で知ったことだが、直ちゃんは家にいた。何が起きたかを知ると、父さんの部屋で遺書を探し出して読んでいたらしい。死んでしまうこと自体よりも、なぜ死んでしまうのかが彼には引っかかったのだ。

父さんは包帯は巻いてはいたが、すぐに仕事に戻った。父さんが退院した後は、またみんなで朝食を食べた。母さんも父さんも何も言わなかったので、この出来事を私はどう解釈していいか摑《つか》めなかった。

私たちの日常は今までと同じように見えた。だけど、小さな変化は確実にあった。

母さんは毎日一心不乱に風呂場を洗った。それだけが自分に与えられた仕事であるかのように、力を込めてタイルをこすった。毎日毎日長い時間をかけて風呂場を洗い続けた。そして、父さんといることに、緊張していた。父さんと並ぶと息苦しそうにしていた。思い詰めた顔をした。誰も何も言わないのに、突然、父さんに謝ったりした。私が救急車を呼ぶべきだったのにと泣き出すこともあった。

父さんは私に遠慮した目を向けるようになった。口に出すことはなかったけど、私に半端ではない感謝の気持ちを持っていた。それは父親が娘に表す愛情よりも大きく、不自然に浮き出ていた。

直ちゃんは時々素知らぬそぶりで何とかしようと試みた。

「どうして自殺する人って風呂場を選ぶのかなって思ってたら、後かたづけが楽だからだよねって、子どもならではのやり方で直接に苦痛に触れてみたり、

「一度死んだってことで、チャラにして楽しくやることにしない?」

って、画期的な提案をしたりしたが、どれもまったくうまくいかなかった。小さなわだかまりをもったまま、それでも私たちは一緒に朝食を食べ、日常を繰り返した。

時間は面白いくらいたくさんのことを流してくれる。父さんが風呂場で死にそうになっていて、母さんが正気を失っていて、私が救急車を呼んで、助かった。恐ろしくショッキングな出来事だと思っていた。だけど、それだけのことだ。多くの時間を費やして、ふんだんに日常をあてがって、異様な空間に慣れたのか、お互いの曲がった感情が少しずつ薄れていったのか、それなりに私たちはうまく収まるようになってきた。母さんを除いては。

母さんは病気だった。どれだけ時間が流れても一向に戻らなかった。父さんといると呼吸を乱し、いらいらし、不安になり、感情的になった。

カウンセリングを受けたり、いろいろなありがたい話を聞きに行ったり、宗教まがいの団体の仲間になったりした。時々、効果を発して明るい顔つきになることもあったが、一日と持たなかった。

すごく気持ちのいい四月の日曜日、母さんは言った。

「家を出ようと思うの」

どんなにがんばっても、どんな手段を使っても、この空間にいると圧迫される。父さんといると苦しいのよ。と。

私たちは誰も反対しなかった。それがいい。口にはしなかったがみんなそう思っていた。四年間、落ち込んだ自分の精神と付き合い続けた母さんは目に見えて疲れていた。

「ごめん。大丈夫だから」

私はそう言うと、パンを半分だけ食べてごちそうさまをした。少ししか食べてないのに、もう胃が気持ち悪かった。

湿気に父さんの血のにおいや母さんのおかしくなった声が入り交じって押し寄せてくる。そうなると何も食べたくなくなる。胃が気持ち悪くなるのだ。あの一件以来、梅雨になると必ず胃を壊した。どんな胃薬を飲んでも効かなかった。胃薬を飲もうと何をしようと梅雨の間中胃はきりきり痛む。


梅雨が始まっただけでも苦痛なのに、不幸は重なる。学校についた私は、朝よりもさらに気が滅入った。

坂戸君が転校することになったのだ。

「十九人になったら机の配置が難しいなあ」

山元先生が重くなったクラスの雰囲気を壊すように陽気に言った。

「僕の席の所に掃除用具入れでも置いておいたらいいじゃん」

と、坂戸君が笑ったけど、

「それでは景観が失われる」

と、美とバランスにこだわる山元先生が首を振った。

「じゃあ、机を円形に並べたら？　いつ転校生が来ても、いつ誰がいなくなってもバランスが守られるよ」

「そっか。それはいいな」

坂戸君のアイデアに山元先生が喜んだ。

机の並びを円形にするなんてとんでもない。そんなことしたら、黒板が見にくいし授業をしにくい。だけど、こんな風に考えられたら、父さんは父さんを辞めることはなかったかもしれない。

全員がそろう朝食。バランスと栄養の整ったメニュー。

誰も破らない決まった席順。

私たちの食卓は、きっと、私たちを守りすぎている。

「せめて一学期が終わるまでいればいいのに」

私は帰り道で坂戸君に言った。後一ヵ月もすれば夏休みになる。夏休みの間に引っ越せばいい。そう思ったし、本当は一学期が終わるまでじゃなく、せめて今年度が終わるまではいてほしかった。

「親の都合だから」

坂戸君が言った。

「どこに行くの？」

「岡山」

「どうして?」

「親の都合」

「親の都合ばかりじゃわからないよ」

私は抗議した。

「俺の家庭って崩壊してんだよね」

「崩壊?」

「学級崩壊と一緒。勝手に立ち歩く子や好き勝手なことする子がいてクラスがまとまんないってやつ。うちもそんな感じ。母さんが好き勝手にするから落ち着かない」

坂戸君が言った。


家に帰ると母さんがいた。時々、掃除をしに来たり夕飯を作りに来たり母さんはやってくる。だけど今日は何だかすごくタイミングが良くてびっくりした。

「梅雨も始まったことだし、佐和子参ってるんじゃないかって」

一緒に暮らしているときは私が梅雨で滅入《めい》ることなどまったく知らなかったのに、母さんは陽気に言った。

「別に大丈夫。父さんは?」

「勉強してるわ」

父さんの勉強に対する姿勢は日ごとにエスカレートしている。これ以上勉強するのは無理だと思えるくらい毎日机に向かっていた。

「そうそう、お菓子があるのよね」

母さんは今さっき作ったというプリンを出してくれた。私は　応ありがとうを言って受け取ったが、まったく食欲がなかったし、プリンの甘いバニラの匂いは胃を刺激した。母さんはさっき父さんとも食べたんだけど、と言って自分の分のプリンも用意して席に着いた。

「うちの家庭って崩壊してるのかな？」

私がプリンにスプーンを突き刺しながら言うと、母さんが目を丸くした。

「どうして？　恐ろしく良い家庭だと思うけど」

「父さんが父さんを辞めて、母さんは家を出て別に生活してる」

坂戸君の言うのが家庭崩壊なら、うちだって立派に崩壊してる。

「でも、みんなで朝ご飯を食べ、父さんは父さんという立場にこだわらず子どもたちを見守り、母さんは離れていても子どもたちを愛している。完璧」

母さんは笑った。

「でも母さんはまたアパートに帰るんでしょ」

「そうよ」

母さんは当然のことのようにあっさりと言った。

「夕飯ぐらい食べて帰ればいいのに。変なの」

夕飯を作るだけ作って、自分は帰って食べるなんておかしすぎる。

「だって、佐和子達がプレゼントしてくれた食器もあるし」

　直ちゃんがあの殺風景な部屋を充実させる物をプレゼントしようと言ったのは、こういう意味だったのだろうか。食器をプレゼントしたのは離れて暮らそうという気持ちの象徴じゃないのに。私がそう言おうとすると、

「わかってるわ。でも、離れていても母さんを認めてくれているってことでしょ？　自立した子どもを持って頼もしい。それにね、離れていると敏感になるのよ。そばにいると自然に見て取れるからぼんやりしていてもいいけど、離れてると佐和子のことを察知するためにいつも神経を働かせておかないといけない。だから、今日梅雨入りしたこともわかったの」

　母さんはプリンをすくいながら言った。

「一緒にいてあげたい気もするけど、もうあなたは大きいもの。それに、落ち着きのない新しい家族も増えたみたいだしね」

「え？」

「ボバンス・ゴールドライン、ずっと鳴きつづけてたわよ」

「ボバンス・ゴールドライン？」

　難しい鶏の品種名を母さんが自然に口にしたことに私は驚いた。

「そう。ずっとせわしなく動き回ってたわよ」

「そっか。食べこぼしが多くていらいらしてるのかも。小屋を洗わないと」

「梅雨にはみんな神経質になるのね」

母さんは笑った。

胃の痛みは梅雨が深まるに連れて、悪化した。どれだけ胃薬を飲んでも一向に効果は現れない。

梅雨が終わるまでの辛抱だ。夏が勢いよく始まると、私の体からも病が抜ける。だけど、梅雨は長い。あの匂いがまた体を占領する。

私は時々風呂場に行く。入浴するためじゃなく、風呂場を見に行く。風呂場に行くと胃が強烈に痛む。それをわかっていて、確認せずにはいられない。もう風呂場に父さんの抜け殻がないことを。

最近風呂場は、時間のある父さんが掃除をするようになって、きれいになっている。

「朝のうちに、洗剤をまいておくんだ。それで、夕方に洗う。すると、力をかけずにきれいにできるんだ」

父さんが言った。風呂場がきれいになろうが、父さんが父さんでなくなろうが、私の体は病んだままだ。

何度も変な夢を見ては目が覚め、ちっとも寝付けないまま朝になった。身体がいつもに増して、ずっしり重い。

朝食はクロワッサンでバターの濃い匂いに気持ち悪くなった。普段の私はクロワッサンは大好きだけど、まったく口に入れられなかった。

「少しは食べないと」

父さんは心配そうな顔をした。

「わかってる」

私は、クロワッサンよりはずっとあっさりした直ちゃんが剝いてくれた瓜を食べようとしたけど、やっぱり胃が拒否をした。口の前に食べ物を持っていくと、吐き気がする。

「朝食を食べない子どもはたくさんいるもんな。無理に食べなくったって大丈夫」

父さんは私に合わせて意見を変更し、軽やかに言った。

結局私は何も食べず何も飲めなかった。空っぽなのにむかむかする胃のままで家を出ようとすると、玄関口にクリスティーヌがいた。昨晩は激しく雨が降ったから、過保護な直ちゃんが家の中に入れておいたのだ。クリスティーヌはかまってほしいのか、私の足下をつつく。首をすくめ細かく動く挙動不審な姿に私はいらいらして、クリスティーヌを蹴飛ばした。

クリスティーヌは簡単によろけて、変な声を挙げた。その声に直ちゃんが飛んできた。直ちゃんはクリスティーヌの悲しそうな顔を見ると、手近にあったゴミ箱を私に投げつけた。

「何するのよ」

朝っぱらから、ゴミ箱をぶつけられた私は頭に来て叫んだ。

「クリスティーヌをいじめるからだ」

直ちゃんはそう言いながらクリスティーヌを抱きかかえた。そんなに思い切り蹴飛ばしたわけじゃないのに。ゴミ箱はプラスティックで痛くはなかったけど、こんな目に遭わされることが悔しくて涙が出た。

「もう絶交。二度と直ちゃんと口きかない」

私はそう宣言して家を出た。

直ちゃんとけんかをしたのは、初めてだった。六歳離れているせいか、直ちゃんが穏やかで賢いせいか、私たちは今まで言い争いさえしたことがなかった。直ちゃんが怒るのを見たことすらなかった。そう思うと、なおさら悲しくなった。

転校が明日に迫った坂戸君のお別れ会がクラスで開かれた。新しい住所を教えてほしいと頼んだが、坂戸君は秘密だと言った。

「鯖が出るたび、送られてきたら困るからな」

「そんなことしないのに……」

たくさん悩んだけど、結局寄せ書きには「転校してもがんばってね」とみんなと同じようなことしか書けなかった。

坂戸君の最後の挨拶は簡潔で要点をつかんだものだった。何度も同じ挨拶をしたんだろうなと思った。言い古された坂戸君の挨拶はちっとも心に響くものがなくて悲しかった。

家に帰ると、直ちゃんのギターが聞こえてたけど、私は無視して自分の部屋にこもった。

「おかえり」

一通り曲が終わると、やっぱり、直ちゃんが部屋を尋ねてきた。直ちゃんはもう一度、さっきより大きな声で「おかえり」と言ったけど、私は絶交宣言を守って黙ったままでいた。

「そっか、絶交してたんだった」

直ちゃんがわかってたくせに言うのを、私は知らん顔して聞いた。

「ねえ、絶交っていつまで続くの？」

私は首だけ傾げた。

「まさか、五年くらい経って、佐和子が結婚する時になっても口をきかないつもり？」

私は無視を続けた。

「じゃあ、期限を教えて。無視されるのわかってるのにしゃべるの面倒だから」

「一週間」

私は仕方なく口をきいた。

「長くない？」

「じゃあ、三日」

「もしかして、俺明日死ぬかもしれないよ。ゴミ箱をぶつけたのは謝る。でも、大事な物が傷つけられているのを見たらかっとなるだろ？　クリスティーヌは単なる鶏だけど、僕らの食料源でもあるし、やっぱり愛着あるし」

直ちゃんが弁明するのを私は素知らぬ顔で聞いた。

「もし、佐和子がクリスティーヌみたいに蹴飛ばされたら、相手がアントニオ猪木でも小公女セーラでも俺は絶対やっつけるよ」

「なんでアントニオ猪木と小公女セーラが出てくるのよ」

私は意味不明の直ちゃんの言葉を聞き返した。

「佐和子のためなら、相手がアントニオ猪木みたいに強くても勇敢に戦うし、セーラみたいにか弱くてかわいそうな相手でも同情せずにぶっ飛ばすってこと」

直ちゃんが言った。

「こんなに妹思いの兄でも三日も絶交する？」

「じゃあ、二日」

「本気で？」

「一日？」

「もう一声」

「じゃあ、一時間」

「まあ、妥当なところだね。じゃあ、一時間ギターでも弾いてくるわ」

直ちゃんは納得すると、部屋を出ていった。


坂戸君が転校する日になった。私は学校を出ると、家には帰らず暗くなるまで公園で時間を潰して、そのまま坂戸君の家に向かった。

七時頃に出発するんだ。坂戸君はそう言ってた。坂戸君と二度と会えないのがわかっているのに、いつもと同じように平気で家に帰るのはすごく不自然なことに思えた。父さんに言おうかと思ったが、面倒だったのでやめにした。もう父さんじゃないのだから許可はいらないはずだ。

坂戸君のアパートの前まで行くと、ちょうど荷物が運び出されているところだった。坂戸君とお母さんと、引っ越しやさんらしき人の三人で準備をしていた。こうして見てみると、日が沈んでから引っ越すなんて非合理的なことだ。どうして昼間に引っ越さないんだろう。そんなことを思いながら、私はトラックの前に立って、坂戸君を待った。

「あれ、中原。どうしたの？」

段ボールを荷台に持ってきた坂戸君は、私を見つけると驚いて大きな声を出した。

「別に」

「別にって、もう暗いのに」

坂戸君は荷物を軽々と荷台に乗っけながら言った。外灯の下で照らされた坂戸君の顔は夏でもないのにこんがり焼けていて、なんだかとても幼く見えた。

荷物を運んできた坂戸君のお母さんは、私を見ると軽く礼をした。制服のままだったし、何か訊かれたらどうしようと不安だったが、お母さんは私にあまり関心がないようで、荷物を置くとまた部屋に戻っていった。

「もう行くの？」

私は荷台を見つめながら訊いた。トラックの上には冷蔵庫や洗濯機など大きな荷物はすでに載っていた。

「うん。もうそろそろね」

「本当に転校するの？」

「今更。この状況見てよ」

坂戸君は荷物が積まれたトラックを指して笑った。母親と二人暮らしの坂戸君の荷物はすごく少なかった。私はトラックを見回してみた。古い軽トラはとても長い距離を走れそうにないくらいくたびれていた。

「坂戸君もこのトラックに乗るの？」

「ああ。もちろん。出発にふさわしいだろ」

こんなトラックが岡山まで坂戸君を運んでしまうと思うと、とても悲しかった。

「行かないでほしいのに」

私が言うと、「絶対無理」って坂戸君が笑った。

「子どもは自分の意志では動けないじゃん。住む場所すら決められない」

「じゃあ、手紙とかくれる？」

「きっと無理。俺、ばかだから文章書けないし、中原のこと忘れちゃうもん」

「無理なことばっかり」

私がしょげると、坂戸君は優しい顔をして私の隣に並んだ。

「お前なかなか良い友達だったよ。中原のお陰でここの四ヵ月は結構面白かった」

坂戸君の言葉はみんな過去形で寂しかった。坂戸君にとって私は一つの出来事でしかないのだ。

「中原にいいこと教えてあげる」

「何？」

「俺、本当は鯖って大嫌いなんだ。昔ばあちゃんが鯖寿司食べて顔が腫《は》れたんだよね。ぱんぱんに。鯖に棲んでる虫のせいだったらしいけど、三日くらい腫れっぱなしだったんだぜ。それ見て以来、俺鯖って食べられないの。気持ち悪くてさ」

坂戸君の告白に私はかなり驚いた。鯖は彼の大好物だったはずだ。

「でもいつも私の分まで食べてくれたじゃない」

「すごいだろ？　気付かないところで中原っていろいろ守られてるってこと」

坂戸君はそう言って、私の手を握った。坂戸君に手を握られたとたん、私は急激に悲しくなって、泣きそうになって、坂戸君と離れたくないって思って、そして早く家に帰りたいって思った。


走りながら家に向かっていると、家の前の大通りで父さんがおろおろして立っていた。私が学校帰りに寄り道をするなんてことは今まで一度もなかった。きっと父さんはすごく心配していたに違いない。父さんは私を見つけるとほっと顔をなごませて、走り寄ってきた。

「父さんを辞めてしまったせいか、なかなか佐和子の行動範囲がわからなくて」

そこら中探し回っていたらしい父さんは息を切らしながら言った。

「ごめん」

「いや。いいんだ。いろいろ事情があったんだろうし、佐和了なりに考えてのことだから仕方ない」

父さんはいつも通りに寛大に言った。

「それって父さんじゃないから？」

「いや、そうじゃないけど」

「ねえ、父さんは父さんにはもう戻らないの？」

私の言葉に、父さんは驚いたように「不都合だったの？」と言った。

「そうでもないけど」

父さんを辞めたことで起こる不都合は皆無に近かった。

「でも、浪人生になるのは違う気がする。なんか父さんの勉強の仕方、だめだよ。毎晩毎晩追い込まれて苦しそう。きっと今の父さんに勉強なんて、本当はちっとも必要じゃないのに。子どもの為にそんな風に勉強するって、やっぱり父さんは父さんを辞められてないんだよ」

いつも父さんは必死で勉強をしていた。痛々しいくらいに知識を詰め込んでいた。そして、父さんが勉強をするのはきっと私のためだ。

「別に、子どものためではないさ。佐和子は命の恩人だから。だから、何とかしたいんだ」

父さんが少しうつむきながら言った。街灯の灯りが父さんの影を映した。

五年前、私は父さんを助けるために救急車を呼んだ。そして父さんの命を救った。だけど、それが父さんを気負わせることになった。父さんの自殺未遂はたいしたことじゃない。でも、ずっと小さく家族の中でうずいている。母さんは家を出て、父さんは父さんを辞めた。そして、私のためにいくつかのことが動いている。

「だけど、私に必要なのは新しい画期的な薬でも、無農薬野菜でもないよ」

私は言った。

「じゃあ、何?」

「ね、桜餅買って帰ろう。母さんの店で。また、三十個ぐらい」

「今の季節じゃ売ってないんじゃない?」

「じゃあ、みたらし団子でいいや」

私は父さんの手を引っ張った。

私たちは閉店間際の母さんの店で、安くなったみたらし団子や三色団子をどっと買い込んだ。たくさんの和菓子を抱えて家に帰ると、直ちゃんのギターが響いていた。

　たいくつでたまらない
　一人ですごす部屋は
　どうしようもなくつまらない

「お、この歌知ってる」

父さんが嬉しそうに言った。

「わかるの?」

聞こえてくるのはいつもと変わらない下手な直ちゃんのギターだ。

「わかるさ。佐和子が小さい時、よく母さんと一緒に口ずさんでいた」

「へえ。そうなんだ」

私は直ちゃんが言ってたことが本当だったことに少し驚いた。

「みたらし団子、冷めるとまずいしさっさと食べちゃおう」

「じゃあ、直ちゃん呼んでくるね」

私が二階に向かおうとすると、父さんが止めた。

「別にいいだろう」

「そっか。そうだね」

いつもいつもみんなが食卓にそろう必要はない。父さんと私は二人でみたらし団子を食べた。いつかどこかで聴いたことのあるような直ちゃんのでたらめな歌を聴きながら。

バイブル

1

グッバイマイラブ、グッバイマイスウィートデイ、グッバイマイハッピーデイズ……。

ここ三日、ずっと続いている直ちゃんの歌は、辛気《しんき》くさくてとても聴いていられない。オリジナルなのか、そういう歌があるのかよくわからないけど、思いっきり暗い失恋ソングだ。毎日、陰気な歌をでたらめなギターと音程をまったく無視した声で奏《かな》でられると、聞く方も滅入《めい》ってしまう。

「また別れたのかな」

私が食卓に食器を並べながら言うと、父さんがさほど気にも留めないで、

「らしいね」

と言った。そう、いつものことなのだ。

直ちゃんは私の愛する兄だ。ひいき目に見ているせいもあるけれど、整った顔をしている

し、背も高いし、運動神経も頭もいい。欠点と言えば、音感が微塵《みじん》もないことぐらいで、とても優しい。なのに、すぐに失恋する。彼女ができて付き合うことは付き合うのだが、三ヵ月ともたない。しばらく付き合うと、相手から別れを告げられる。その繰り返し。どうしてこう度《たび》度《たび》失恋するのだろう。妹にはわからない変な性癖でもあるのかと疑いたくなるくらい、見事にふられまくっている。

「またふられたの？」

夕食のためにようやく二階から降りてきた直ちゃんに声をかけた。

「っぽいね」

直ちゃんは肩をすくめて言うと、自分の席に着いた。最近はほとんど直ちゃんが夕飯を作っているのだけど、今日は落込んでいるだろうと気を利《き》かせて、父さんと二人でスペシャルサラダを作った。ジャガイモや玉葱《たまねぎ》やキャベツ。春の野菜を何でも細切りにして、その上に卵の黄身とカリカリに焼いたベーコンをかけただけのサラダ。これだけで十分お腹がいっぱいになる。直ちゃんは失恋すると大量に野菜を食べたがる。病気や挫折《ざせつ》をすると身体がビタミンを欲するらしい。

「毎回毎回、いったい何がだめなんだろうね」

私はため息をついた。直ちゃんは何度か家に恋人を連れてきたことがあったが、いつもうまくいっているように見えた。直ちゃんも楽しそうだったし、どの彼女も直ちゃんと一緒にいて幸せそうだった。

「さあね。それがわかれば苦労しないって」

　直ちゃんは他人事のように言った。

「本当にわからないの？　彼女はどうして別れようって言い出したの？　他に好きな人ができたの？　それとも直ちゃんに冷めちゃったの？」

「さあ……何なんだろうね」

「何なんだろうねって、もう少しちゃんと考えてよ。ね、いつ？　彼女はいつ別れを決心したの？　直ちゃんのどんな姿見て？　何をしてる時？　直ちゃんの何が嫌になったの？」

　私が問いつめると、父さんは「まあまあ」と言って、直ちゃんは本当にわからないんだ、とため息混じりに答えた。

「不思議だなあ」

　私はつぶやいた。直ちゃんが失恋するなんていつもまるで腑《ふ》に落ちない。直ちゃんは勉強だってスポーツだって、いつだってダントツだった。なんでもうまくやれるはずなのに、どうして恋愛は失敗ばかりするのだろう。

「ま、くよくよしても仕方ないしな」

　直ちゃんは気分を変えてそう言うと、勢いよくサラダを口に入れた。

　直ちゃんはどんな失恋でも必ず三日でけろりと立ち直ってしまう。食欲もまったく衰えない。妙な歌を歌うのと、口数が二割ぐらい減る程度で、他は何も変わらない。そんな風だから同じことを繰り返すのかもしれない。

「佐和子が羨《うらや》ましいよ」

野菜をほおばりながら直ちゃんが言った。

「どうして？」

「天真爛漫《てんしんらんまん》にすくすく育ってさ。俺も佐和子みたいに大らかだったら、こんなに苦労しないのになあ」

「何よその台詞《せりふ》。そっくりそのまま二十倍にして直ちゃんに返すわよ」

私はきっぱりと抗議した。だって、本当にそうなのだ。直ちゃんは私よりずっとご機嫌《きげん》に暮らしている。進学校を出たくせに、大学に行かず農業をして暮らす直ちゃんが気にかけるのは天気ぐらいで、その他のことに関しては至ってのんきだ。母さんが家を出た時も、父さんが仕事を辞めた時も平然としていた。私は直ちゃんとは違い、真面目《まじめ》で神経質だ。天気のことだけじゃなく、勉強のこと、友達のこと、ちっとも上達しない部活のテニスのこと。悩みはつきない。

自殺を試みて失敗した父のこと、それを気にかけ家を出て離れて暮らす母のこと。父さんの自殺未遂以来なかなか元通りにしっくりいかない家族のことを長男である直ちゃんの何百倍も深刻に考えている。

「まあまあ、若いうちはいろんな女の子と付き合えばいいさ」

父さんは無責任に言うと、さっさとごちそうさまをして出かける支度《したく》を始めた。

「あれ、どこに行くの？」

「予備校にね」

「予備校って、こんな時間から？」

時計は七時三十分を回っている。

「金曜は夜に自習室で学習する生徒が多いから、その手伝いにな」

「ふうん」

私と直ちゃんはくすくす笑った。結局、父さんは「先生」なのだ。

父さんは去年の四月、長年勤めた中学校での教師の仕事を辞め、大学に行くことを決意した。しかし、必死で勉強したのにもかかわらず受験に失敗し、今年も引き続き浪人生だ。ただ、ずっと浪人生でいたのでは収入がないので、最近、予備校でアルバイトを始めた。

「父さんから浪人生に。浪人生からフリーターに。まるで父さんはハマチみたいだなあ」

アルバイト先が決まった時、嬉《うれ》しそうに父さんが言った。教育大学を出て教師になり、早くに結婚して父親になった父さんにとって、その他のものになることが新鮮なのかもしれない。

「でも結局、仕事って教育関係になっちゃうんだよね。そんなことなら教師に戻ればいいのに」

アルバイト先が予備校に決まった父さんに私が言うと、父さんは、

「別に教育関係を探してたわけじゃないんだけど。なにせ年齢制限が厳しいんだ。四十歳過ぎてできるアルバイトってないも同然だから。それに、考えたら、教員免許と運転免許以外に父さん資格持ってないんだよなあ」

と言った。確かに四十過ぎてアルバイトの男の人にはあんまり巡り合わない。せっかくのアルバイトなんだから、ウエイターとかプログラマーとかそういうかっこいい職業を体験してみたかったのに。父さんはそうぼやいていたが、いざ働き出すと予備校はそうとう楽しい場所のようだ。その証拠に父さんは毎日、嬉しそうな顔をしてバイトに出ていく。中学生と違って、予備校生はみんな真剣に勉強しにきているから、教えやすくってしかたない。父さんはそう感激していた。

父さんの受験失敗にもめげず、三ヵ月に一度やってくる直ちゃんの失恋にも影響されず、無事に中学三年生に進級した私は、塾に通いはじめることになった。私の通う中学校は生徒数が少なくて、一学年一学級しかない。だから、私にとって、いろんな学校の生徒が集まる塾は魅力的だった。

塾まで自転車で三十分。七時前、簡単に夕飯を済ませて塾へ急ぐ。父さんも直ちゃんも家にいるのだから、車で送ってもらえばいいのだけど、塾に行くこと自体甘えている気がして、これ以上手をかけさせたくなかった。それに、私は自転車が好きだった。徒競走はそこそこだけど、自転車だとだんとつに速く走れる。たぶん、私が直ちゃんに勝てるのは、自転車こぎぐらいだ。

塾の一日目は模擬試験だった。その試験の成績順で三つのクラスにわけるらしい。集まった生徒の中には同じ学校の生徒も何人かいたし、部活の試合などで見かけたことのある他校の生徒もいた。だけど、大多数は知らない顔ばかりで、私は早速《さっそく》どきどきした。私の日常では、五十人以上の同学年の人間を見ることはめったにない。人の多さだけで参ってしまいそうだった。

大きな教室の中、席を探してきょろきょろしていると、突然声をかけられた。

「お前って中原さんの妹だろう？」

振り向くと、まだ四月で肌寒いのに半袖を着た男の子が立っていた。見たことのない顔だ。持っている鞄《かばん》から石橋中学の生徒だとわかった。この辺りでは、一番生徒数の多い学校だ。

「は？」

「お前、中原っていうんだろう？」

確かに私は中原だし、中原の妹に違いない。だけど、唐突に何を言うのかと顔をしかめた。

「だから、西高に行ってた中原直の妹だろ？」

私が理解できないと思ったのか、その男の子はもう一度同じことを繰り返した。短く刈った頭に鋭い目。競争をすることが少ない私の学校では、見たことのない顔付きだ。

「そうだけど。それが何？」

「俺、お前に勝負を挑むから」

「勝負？」

「模試に決まってるだろう。俺、お前より絶対良い点数とるからな」

半袖は勝手に宣言すると、とっとと自分の席に着いてしまった。

直ちゃんの頭の良さは昔から評判だった。小学校でも中学校でも高校でも、聞き飽きたってくらいに天才だと言われ続けていた。それは他校の生徒でも知っているくらいに広く知れ渡っている。半袖もどこかで聞きつけて直ちゃんのことを知っていたのだろう。だけど、私は直ちゃんとは違った。勉強もスポーツもそこそこしかできない。私と直ちゃんとは六歳年が離れていて、同じ時期に学校に在籍するということがなかったから、見比べられることは免《まぬが》れたけど、それでも兄を引き合いに出されることは時折あった。私まで良くできると勘違いされることもしょっちゅうあった。私が普通の子どもだと知った時の先生達のがっかりした顔。何も悪いことをしてないのに、私は申し訳ない気がしてしまう。

しかし、面と向かってライバル宣言をされたのは初めてだった。残念ながら、私はいきり立って勝負を挑むほどの相手じゃないんだけどな。私は大きくため息をついて、試験に取りかかった。

次の塾の日、模試の結果が出た。

「何番だった?」

早速、こないだの半袖の男の子が私の元へ飛んできた。

「俺、二十五番だったけど、お前は?」

「へ?」

「だから、俺は二十五番だったの。お前も言えよな」

二十五番？　私はすっかり拍子抜けしてしまった。私が直ちゃんの妹ということで、挑戦してきたのだから、もっとずっと良くできるのかと思っていた。なのに、彼の席次は私とちっとも変わらない。直ちゃんなら、こんな模試、余裕で一番を取る。

「私は二十七番。よかったね。ちょっと勝ったじゃん」

私がそう答えると、半袖はきょとんとした顔をした。

「お前って、何か余裕だな」

「何が？」

「いや、俺ってちょっと嫌味な奴だろ？　なのに勝ったじゃんとか励ましてくれたりするんだもん」

半袖は勝手に感心していたが、私は彼をたいして嫌味な奴だとは思わなかったし、励ましたつもりもなかった。

「別に嫌味な奴じゃないよ」

「本当？　ありがとう。お前って寛大だな。やっぱり賢いやつは根本的に違うんだな」

「別に私は賢くもないし、寛大ではないけど。だけど、そうやってでかい声でお前って呼ぶのはやめてほしいな」

新しく始まったばかりの塾の中では、みんな少し身構えて接している。まだお互いに探り合っている段階なのだ。その中で私達は不自然に目立っていた。

「そっか。ごめん。お前は失礼だよな。でも、俺、お前の名前知らないから」

彼は中原の妹だろうと声をかけてきたくせにそう言った。

「中原佐和子」

「そっか。えっと、俺は大浦。石橋中学なんだ」

「ふうん。下の名前は？　大浦なんていうの？」

「まあいいじゃん」

「いいじゃんって？」

「そんなこと気にするなって」

「別に気にはしてないけど、名前ぐらい教えてくれてもいいじゃない」

「いや。ちょっとそれは言えないな」

大浦君は名前を隠すつもりだったらしいけど、彼と同じBクラスになった私はすぐに彼の名前がわかってしまった。教室に張り出された名簿に彼の名前はしっかりと書かれていた。大浦勉学。とにかく賢い子になるようにとつけられたらしい。

「両親共にばかだったたから、息子にかける期待が大きいんだ。でも、いくら何でもこの名前ってそのまんますぎるだろう」

大浦君が恥ずかしそうに言った。

「大丈夫。すぐに聞き慣れるから」

けらけら笑いながら私が言うと、ストレートな名前を持つ大浦君はそれはありがたいと率直に感謝していた。

2

直ちゃんが新しい女の人を連れてきた。こないだの失恋からわずか二週間。いつも以上に早い展開だ。

「こんばんは」

高らかな声をあげて、やってきた新しい恋人は、私の度肝《どぎも》を抜いた。

今まで直ちゃんが連れてくる女の人は、いつもそれなりに素敵だった。振る舞いが可愛《かわい》かったり、上品で大人の魅力が感じられたり、さっぱりしていて好感を持てたり、話が上手で楽しかったり。どこか一つ妹の目から見てもいいなと思えるところが必ずあった。だけど、今回は最悪だった。

直ちゃんの新恋人は、とにかく何もかもが下品なくらいに派手だった。まず化粧が濃い。目も口も頬もくっきり彩られ、派手な顔がさらにけばくなっていた。服装は胸元の大きくあいたブラウスに、かがめばパンツが見えそうなミニスカート。思わずこっちが隠してあげたくなるような露出度の高さで、女の私でも目のやり場に困ってしまった。中でも一番参ったのは香水。甘くてきつい香り。我が家ではシャンプーや石けんも無香料のものを使っている。人工的な匂いに慣れていない私は、めまいを起こしそうになった。

「小林ヨシコです」

あっけにとられている私をまるで気にもせず、香水女はそう名乗ると、勧《すす》めてもいないのに椅子にどかっと座った。動作も大きく騒々《そうぞう》しい。地味なのは名前だけだな。私は心の中でそう毒づいて、一応「妹の佐和子です」と自己紹介をしておいた。

「あ、そうそう。これ、お土産《みやげ》。ヨシコさんにもらった」

直ちゃんはそう言って、ずっしり重そうな紙袋を机に置いた。シュークリームでも和菓子でもなさそうだ。私は袋の重量感にすでに嫌な予感がしたけど、それは想像以上の代物だった。袋の中身はなんとサラダ油の詰め合わせだった。紅花油とコーン油とキャノーラ油、各二本ずつの六本セット。私は絶句した。これは百パーセント回し物だ。お歳暮かお中元でもらった物を流用したのだ。どこの誰が、人の家に遊びに行く時に、油の詰め合わせなんてかさばるものを持っていくのだ。天ぷら屋を営んでいるのならまだしも、相手の何を想像してお土産に油を選択するのだ。しかも、彼氏の家に行く時に。そんなこと中学生の私でも簡単にわかるのに、父さんは「こんなにいっぱい頂いちゃって悪いね」と恐縮して、直ちゃんは「実用的で助かる」と喜んだ。

香水女はしれっとした顔で、

「やっぱり実際に使う物がいいかなって思って。お菓子とかだと好みもあるし」

と言ってのけた。

完全になめられてる。見くびられている。私は嬉しそうな直ちゃんを見て、悲しくなった。

「さあさあ、夕飯にしよう」

香水女を気に入ったのか、父さんはご機嫌に言った。

こんなことなら、ビーフシチューなんて作るんじゃなかった。今日は朝から直ちゃんと二人でシチューを煮込んでおいた。いつもと違って、直ちゃんの仕事場の虫食いだらけの野菜だけじゃなく、ペコロスや芽キャベツなどの可愛い野菜まで入れたのに。香水女にそんな繊細な心遣いなどわかるわけもない。私はがくりと肩を落とした。

「わあ。おいしそう」

香水女はシチューを見て、感嘆の声を上げた。「たくさん食べてね」と直ちゃんも父さんも嬉しそうに笑った。思った通り、香水女には中の野菜のことなど、どうでもいいようだった。それどころか、ご飯もシチューもお代わりまでしてきれいに平らげた。他人の家で、しかも初めて訪問する彼氏の家で、これだけ食べられるのは才能かもしれない。彼女の長所を挙げるなら、ただ一点。食べっぷりの良いところだな。そう思った。


「気に入らなかった?」

小林ヨシコを送り届けて戻ってくると、直ちゃんが私の様子を見にきた。

「別にいいんじゃないの」

「うそ。ふてぶてしかったぜ」

「いつもと一緒だよ」

「まあいいけどさ」

「でも、不思議。直ちゃんあの人のどこが良いの？」

「そうだなあ……。顔と、スタイルと、性格も悪くない気がする」

確かに小林ヨシコは、顔もスタイルも悪くはなかった。だけど、それだけだ。他の部分は最低だった。

「いい加減ね」

「どこが？」

「どこがって。どうして小林さんと付き合うことになったの？」

「好きだって言われたから」

「ふうん」

なんとなく直ちゃんがすぐふられる原因がわかるような気がした。

翌日、私は早速母さんの家に油をお裾分《すそわ》けに出かけた。「助かる」と直ちゃんは言っていたけど、油を六本も使うのには一年以上かかる。なのに、回し物だけあって油の消費期限は目前だった。

母さんは二年前から家を出て、アパートで一人で暮らしている。父さんが自殺未遂を起こし、私は頭痛持ちになって、母さんは家を出た。何も起こってないのは、のんきな直ちゃんだけだ。

「あら、またどうして油なの？」

私が油を三本差し出すと、母さんは驚いた。

「直ちゃんの彼女がお土産に持ってきたの」

「油を?」

「そう油を。六本詰め合わせのね」

私が言うと、母さんがずいぶん大胆な人ねと笑った。

「どう思う?」

「どう思うって?」

「そんな人だめじゃない。すごく嫌な女だった」

「ふうん。そうなんだ」

「そうなんだって他人事みたい」

私はふくれながら、母さんが作ってくれたねぎ焼きをつついた。母さんは私が来る時には必ず何かおやつを作っておいてくれる。離れて暮らすようになって、サービス満点になった。前までおやつはホットケーキやプリンだったのに、受験生になってからというもの、ねぎばかり食べさせられている。ねぎは頭にいいらしいが、さすがに飽きてきていた。

「まあ、まだ若いんだから、嫌になったら別れたらいいことじゃない」

「何よそれ。もっとちゃんと付き合えとか言わないの? 母親って息子の彼女にうるさいのよ」

「そうなの?」

「そうよ。母親は息子が気になって仕方ないのよ。だから、彼女ができたら息子が取られてしまうって思うものなのに」

私がむきになると、母さんはワイドショーの見過ぎじゃないの？　と笑って、

「直の女関係にはあんまり関心ないからなあ。直って、まだまだだろうなって思うから実感がわかないいんだろうね」

と言った。

「まだまだって？　もう直ちゃん大人だよ。二十歳過ぎてるのに」

「大人だとは思ってるわよ。ただ、まだ恋愛をしないだろうなってこと」

「何それ」

「人を好きになるのは、もう少し先になるんじゃないかな」

「もう直ちゃんはいろんな人を好きになってるわよ」

そうだ。直ちゃんは既に恋愛をしまくっている。

「そんなのたいしたことないわよ。佐和子の大浦君に対する気持ちの方がもっとずっと深いわ」

母さんがにやりと笑った。そんなことあるわけない。私は大浦君のことを好きだなんて思ってないし、気があるなんてひと言も言ってない。ただ、塾に変な奴がいて、うるさいことを言ってくる。そう母さんに話しただけだ。

そう否定をしようと思ったけど、母さんが耳を貸さないのはわかっているからやめにして、

私は黙々とねぎ焼きを平らげた。

3

塾が終わる時間になると、たくさんの迎えの車が玄関の前に並ぶ。帰りが十時前になるので、夜道が心配なのだろう。もちろん、何人か私と同じく自転車で通ってる子もいる。三十分もかけて自転車で帰るのは私ぐらいだろうけど。

「お前もついでに送ってやるよ」

大浦君の家はお金持ちらしく、お母さんが運転するでかいベンツがいつもやって来る。

「いらないよ。家、逆方向じゃない」

「だって、そんな自転車で、宮村まで帰るのって大変だろう」

「平気。私、自転車得意だし」

「得意って、中原、体力ないのに」

「何よそれ？　どうしてそんなこと大浦君が言えるのよ」

大浦君と私が会うのは、週三回、この塾でだけだ。塾の科目は英語と数学と国語。当然体育はない。私の体力がどの程度か大浦君が知るチャンスはないはずだ。

「だって、中原小さいだろう」

「小さいって？」

「背、百四十ちょいしかないじゃん」

彼の頭の中では身体の大きさと体力は比例しているらしい。一理あるかもしれないけど、あまりに単純な発想に私はすっかり呆《あき》れてしまった。

「確かに普段の私は百四十三センチだけど、自転車に乗る時は百八十センチに伸びるから大丈夫なのよ」

私が適当に嘯《うそぶ》くと、大浦君は少しも笑わず、神妙な顔で『中原ってかわいそうな家の子なの？」と言った。

「は？」

「だって、遠いのにいつも自転車じゃん」

残念ながら私はかわいそうな家の子じゃない。元教師の父と優秀な兄を持つ私はきっと恵まれた子どもだと思われているはずだ。

「大浦君ってあまりにも貧困な頭だね。車が良くて、自転車がかわいそうなんて。もっともっと勉強しないとやばいよ」

私は大浦君を振りきって、お気に入りの自転車に飛び乗った。

本当、自転車がだめだなんてばかげてる。屋根も囲いもない白転車で走ると、景色の中に潜りこんでいける。絶対に車より気持ちがいい。街から田舎《いなか》へ向かう道は、どんどん人気《ひとけ》がなくなるけど、その分星も月もくっきりしていくから大丈夫。春は夜の暗さも柔らかく、自転車で走る私をちゃんと見守ってくれる。

次の塾の日、大浦君はなんと自転車でやってきた。と言っても、金持ちらしく、電動自転車でだけど。

「どうしたの？」

「お母さんに買ってもらった」

「わざわざ？」

「貧困だって言われないように、これから自転車乗りまくるからな」

大浦君は自慢げに言った。

「大浦君って、すごく変わってる」

学校には勉強のできない子も、運動のできない子もたくさんいる。だけど、大浦君ほど単純な中学生はなかなかいない。この人は本当に馬鹿なのかもしれないって思った。

ところが、悲惨なことに、大浦君の電動自転車は帰る時には充電が切れ、とても重たいただの自転車になっていた。

「無理せずお母さんに電話して迎えにきてもらえばいいじゃない」

自転車を動かすのに悪戦苦闘している大浦君に私はアドバイスしてあげた。

「もし、そうしたら中原はどう思う？」

「別にどうも思わないわよ」

「この自転車を押して帰る俺と、迎えに来てもらう俺とどっちがかっこいいと思う？」

そういうことをいちいち聞くところが何ともかっこ悪い。私はそう思ったけど、

「自転車を押して帰ったら男らしいと思うし、迎えに来てもらったら、臨機応変に判断できる賢い人だと思うよ」

と寛大に答えてあげた。

「なんだよそれー。迷わせないでくれ」

大浦君は少しの間考えあぐねていたが、結局、自転車を押して帰る決心をした。今後、塾で賢さをアピールできる場はいくらでもあるし、これからどんどん賢くなっていく。だけど、男らしさを見せる機会は少ないから。というのが選択理由らしい。残念ながら、電動自転車を押して帰る大浦君の後ろ姿は、ちっとも男らしくなかった。

4

風薫《かお》る五月。約束通りの天気が続き、緑がしっかり濃くなる。気持ちよく晴れた日曜日、父さんに付き添うことになった。「誠心会」に行くという。

「なんだか面白いところらしい。母さんが一度行ったことがあるんだって」

「何か怪《あや》しそうな名前だねえ」

私はそう言いながらも支度をした。昔からお出かけが大好きなのだ。母さんがちょっと忘れたものを買いにスーパーに行くときも、直ちゃんが手紙を出しにポストに行くときも、父さん

が歯医者に行くときも、たいてい一緒に付いていった。

車で三十分と少しで着いたところは、ただの大きな家だった。外観からは中に何があるのかさっぱり見当が付かない。

「ここ?」

「みたいだな」

父さんは母さんに聞いて描いた地図を見ながら確かめた。

どきどきしながら二人揃《そろ》って家に入ると、きれいな女の人が丁寧《ていねい》に挨拶《あいさつ》をして出迎えてくれた。

「あの、家内に勧められてきたんですが」

父さんが申し出ると、女の人は嬉しそうに、

「そうですか。それはすばらしいことですね。ここはどなたでも迎え入れることのできる、みんなが幸せになれるすばらしい場所です。どうぞ、心地よい時間を過ごしてください」

と言った。その後、私たちは戸惑う暇もなく、ややこしい説明を一気に受けて、胸に小さなバッジをつけられ、リビングのような大きな部屋に通された。中には二十人近くの人が集まっていて、その真ん中で、男の人が大きな声で話をしていた。

母がガンになった。もうだめだと医者に言われ、あちこちの病院を回り、様々な民間療法を試みたがだめだった。その時、ここの会を知って、通いはじめた。何度か通ううちに、まず看病で疲れていた自分の気持ちが明るくなった。前向きな姿勢で母と接することができるように

なった。すると、母親の容態がみるみる良くなり、今ではすっかりガンを克服した。

そんなような話を、時々涙ぐんだり、声を張りあげたりしながら語った。語り終えると、そこここから拍手がわき上がった。私と父さんも一応手をたたいた。

「すばらしい体験談ですね。なんでも前向きになれば、救われるのです」

銀縁の眼鏡《めがね》をかけた渋い色のスーツを着た男が出てきて言った。スーツと眼鏡のせいで落ち着いて見えるけど、三十過ぎのまだ若い男だ。

「では、次はみなさまの悩みや質問に答えていきましょう」

その人がそう言うと、一斉にみんなが手を挙げた。初めに指名されたのは、二十歳過ぎの女の人だった。

最近立て続けに災難に遭《あ》っている。満員電車で痴漢《ちかん》に遭い、会社ではコピー機に脚をぶつけて青痣《あおあざ》ができた。なんでこのような試練が起きるのでしょう。

女の人はまじめな顔をして愉快なことを質問した。

「それは、あなたの心が前向きではないからです。電車で通勤するとき、あなたは満員で嫌だなあと思いはしませんでしたか？　会社でコピーをとるとき、面倒だなあと思いはしませんでしたか？　たくさんの人と出会えて嬉しいと満員電車で喜び、コピーをとるという仕事も大切ですばらしいことだと思えば、そんなことは起きなかったはずです。何ごとも前向きに感謝の気持ちを持ってしなくてはなりません」

渋いスーツが言って、女の人は深々と頭を下げた。

他にも、おかしな悩みが挙げられ、愉快な解答が繰り広げられた。娘が学校でいじめられているというおばさんの悩みに対しては、夫婦で仲良くすればきっと解決すると、リストラされて困っているという男性には、家族を愛する気持ちを強く持てばきっと仕事に恵まれるという答えがあてがわれた。

その後は、フリートークの時間で、ペアを組んで話をすることになった。私は山田さんというすごく太った男の人とペアになった。

「君はどうしてここに来たの？」

山田さんが訊《き》いた。

「えっと、受験生だから。世の中のいろんな部分を知っておくと、入試に役立つかなと思って」

私の答えに、山田さんが笑った。冗談が通じてよかったと少しほっとした。

「山田さんは？」

「どうしてだと思う？」

「太ってるから」

私は遠慮せずに本当のことを言った。

「あたり」

山田さんはそう言ってから、見た目で悩みがわかるって便利だろと前向きな意見を付け足した。

「痩《や》せたいなら、ダイエットすればいいじゃない。ここへ来る代わりにスポーツクラブに通うとか」

私のアドバイスに山田さんは苦笑した。

「普通の体型の人間が思いつくことは全て体験済みだよ」

「そっか。じゃあ、野菜は？　野菜ばかり食べるの」

「肉が好きなんだ。野菜がいいのはわかってても、味けなくって」

「違う。本当の野菜はすごいおいしいんだよ。兄がね、青葉の会ってところで働いてるの。無農薬野菜を作ってるんだけど、そこの野菜って形は悪いけど、みずみずしくて甘くて、味もはっきりしてて、すごいおいしいの」

私は会ったばかりの山田さんに一生懸命に説明をした。

「青葉の会って聞いたことあるよ。それって宗教団体じゃないの？」

山田さんが言った。

「宗教でも何でもいいのよ。だまされたと思って、食べてみて。最初はドレッシングとかつけて食べてもいいけど、そのうち、何もなしで食べられるわ。うんと体にいいわよ」

青葉の会は宗教団体ではないけど、今はそんなことどうでもよくて、山田さんが痩せることの方が私には重要だった。

「それでね、夜より朝にしっかり食べるの。そうすれば、絶対痩せるから。最初はおなかがすいても、そのうちそのリズムになれてきて、夜におなかがすかなくなるから。後、水分をしっかりとるのよ。一日に二リットルは水を飲むの。水は体を活性化させるんだから」

私は自分で試したこともないくせに、もっともらしいことを偉そうに言った。

「ありがとう。やってみるよ」

山田さんは初対面の中学生の言うことを素直に受け取った。

「大丈夫。山田さんならできるわ。山田さん、絶対痩せたら格好いいと思うな」

私は最後にとっておきの言葉をサービスしておいた。

父さんはさっきの娘がいじめられていると言っていたおばさんと熱く語っていた。最近の中学校の現状や若者の心理について、「先生」の父さんは終了を知らせる声にも気づかず懸命におばさんに話していた。

「楽しかった?」

三千円を払って、誠心会を後にした父さんが訊いた。

「まあね。これって宗教なの?」

「何かをあがめてる感じじゃなかったけどね。神様も出てこなかったし。ただ、みんな同じ考え方を持って進んでる団体って感じみたいだな」

「そっか」

「母さんはこういう場所によく行ってたんだな」

父さんがぼそりと言った。

家を出る直前まで、母さんはこういう所を見つけだしてはせっせと通っていた。カウンセリングや宗教団体や占いまでありとあらゆる所に。だけど、父さんの自殺未遂を防げなかった自分を責める母さんの気持ちは、どこへ行っても、どれだけありがたい話を聞いても解消しなかった。

「でも、怪しく見えるけど、こんな所も案外楽しいね。何でも宗教や商売になるんだもん。父さんだってできるんじゃない？」

私が言うと、父さんは少し笑った。父さんの笑うのを見て、少しほっとした。

「直もさ、こういうところに来ればいいかもしれないな」

父さんが言った。

「どうして？　直ちゃんには必要ないじゃん」

私はのんきな直ちゃんの顔を思い浮かべた。

直ちゃんは苦悩を知らない。救いなんて必要ない。おいしい食べ物と気持ちの良い寝どこがあれば、直ちゃんは生きていけるのだ。

5

直ちゃんは毎日、私と父さんのために夜食を作ってくれる。

「太るからやなんだけどなあ」

父さんは夜遅くまで勉強するからいいけど、私の受験勉強なんてまだ十一時過ぎくらいまでしかやらない。塾へ行った日は自転車で運動しているからまだいいとしても、夕飯をしっかり食べた上に夜食を食べていては確実に太ってしまう。

「太ればいいよ。父さんも佐和子もうんと太らせて、受験なんてしたくないって思わせる作戦なんだ」

「ひどい兄だね」

私は顔をしかめながらも、直ちゃんが作ってくれたオムライスを口に入れた。オムライスと言っても、夕飯の残りの野菜炒めとご飯をひっくるめて卵に混ぜて、焼いただけのものだ。だけど、卵が染みわたったご飯はふんわりとしておいしい。

父さんと私。家に受験生が二人いることで、直ちゃんがほとんど家事を受け持つことになった。直ちゃんは疎外感があるなあとぶつぶつ言う。ギターを弾く時間は制限されるし、何かと家事を押しつけられるって。

「高校受験なんて、夏休みから勉強すればいいんだって。今からしてたら、飽きてきて肝心な時にはかどらないよ」

「まあね。でも、西高に行きたいしな」

「佐和子はなんでも俺のまねをするもんね」

「まねじゃないよ」

「あんな高校」

直ちゃんは舌打ちをした。

西高は進学校だ。公立高校だけど、毎日七時間授業で、朝も放課後も勉強があり、ハードなことで有名だ。直ちゃんはそこの進学コースでトップの成績を上げた。でも、良かったのは成績だけで、直ちゃんは高校での勉強にはちっとも熱心じゃなかった。あんな勉強つまらない。もう関わりたくない。だからトップを守っている。トップにいたら、もう勉強を押しつけられなくて済むから。ただそれだけ。直ちゃんが言っていた。中学生の私にはその意味はよくわからない。私の成績はちょうど真ん中ぐらいで数学はかなりやばい。だから、西高は無理だと教師にも言われている。だけど、挑戦したい。直ちゃんが行った西高で、私は勉強に勝ってみたい。

父さんは教師を辞めて、大学を受け直そうとしている。直ちゃんは成績優秀だったくせに、大学に行かず農業を始めた。私は当たり前の道を歩いてみたい。その中で戦ってみたい。

「俺もどこか受験しようかなあ」

直ちゃんがつぶやいた。

「何に?」

「何にって、そうだな。ってやばい！　電話する時間だ」

直ちゃんが慌てて立ち上がった。

直ちゃんと小林ヨシコは不思議なことにうまく行っていた。土曜日に会うことと、火曜と木曜に電話で話すこと。そう決まっているようだった。

塾では、月に一度模試が実施される。そして、その度、クラス替えが行われるのだ。

第二回目の模試、出来は上々だった。私はさほど賢いわけではないが、努力家である。それに、家には元教師で予備校講師の父親がいるわけだから、勉強ができる環境は整っている。それでも、模試の結果に私は驚いた。なんと、三位だったのだ。まだ春の段階では、みんな受験勉強に本腰を入れてないにしても、もう少しがんばるべきだろう。私が三位になるようではだめだと思った。そして、なんとなくこの順位を嬉しいと思えなかった。

大浦君は模試の結果がわかると、すぐに私の元にやってきた。

「どうだった？」

「ああ、まあまあ」

「やっぱり、みんなだいぶ勉強してるなあ。俺、三十二位に落ちちゃったよ。まあ、Bクラスに代わりはないけどね」

と彼は軽快に言った。

「そうなんだ」

私はやっぱりと思いつつ、もっと勉強しろよといらだった。

「お前は？」

「え？」

「結果。何位だった？」

「ああ。えっと、私もそれぐらい。三十番とかだった」

私はなぜかそう言った。口から勝手にそう出ていた。そして、すぐに後悔した。

「そっか。みんな勉強してきてるもんな。次はがんばろうぜ」

大浦君に励まされ、私は前言撤回するチャンスを逃してしまった。

どうしよう。うそをついてしまった。次の塾の日には、私はAクラスの教室にいて、すぐにばれることになる。だけど、「また一緒のクラスだな」とご機嫌に言う大浦君に事実を告げる勇気はなかった。


暗い顔で家に帰ると、直ちゃんがすぐさま察知し、興味津々《しんしん》で寄ってきた。

「何々？　浮かない顔は」

「別に」

「別にってすごく変な顔してるぜ」

「そうかな……」

どうして私は自分の順位を正直に言えなかったのだろう。三位の何がいけないのだろう。大浦君より成績がいいとだめなのだろうか。だいたいどうして大浦君に変な気を回してしまったのか。それにどうしてこんなことで気が重くならないといけないのか。いろんな考えがぐるぐる回って、さっぱりわからなくなってしまった。ただ、塾に行くのは気が重い。それは確かだった。

直ちゃんに話してみたらすっきりするかなとは思ったけど、恋愛がうまくいったためしのない直ちゃんに話したら、ますますこじれるばかりだ。私は夜食も食べずに布団にもぐりこんだ。

教師の手違いでAクラスになったことにしようか。三位と三十位を見間違えたことにしようか。私はすぐにばれそうな言い訳を一生懸命考えた。

だけど、どれも実行できないうちに、私はAクラスで授業を受けた。授業の間中、大浦君がどう思っているのか。それればかりが気になって、先生の話はまるで頭に入ってこなかった。授業が終了し、教室を出ると、大浦君が立っていた。

「もう絶交だからな」

大浦君は私を見るなり、そう告げた。

「ちょっと待ってよ」

私は彼を引き留めようと追いかけたが、追いつけなかった。大浦君は走って塾を出ると、黙ったまま電動自転車に飛び乗った。充電さえしていれば、電動自転車は速い。大浦君の後ろ姿は、あっけなく消えてしまった。

「なるほど。ありがちな話ね」

母さんは笑った。

「笑い事じゃないよ」

「いいんじゃない。そんな変な気を遣うのも、気を遣われて傷ついちゃうのもいかにも中学生らしくてとても良い感じ」

「よくないって。本当に絶交されちゃったんだから」

私は泣きたくなってしまった。言い訳をする暇もなく謝る暇もなく、一瞬にして絶交を言い渡されてしまったのだから。

「佐和子にもそういう一面があったのね。やっぱり母さんの娘だわ」

母さんはできたてのフレンチトーストを私の前に置いた。もちろんフレンチトーストにはねぎが入っていない。落込んでいる時にねぎを食べて賢くなってしまうと、考えすぎてよくないから。そういう時には甘いものを食べるのに限るらしい。朝から牛乳と卵に浸《ひた》しておいたというフレンチトーストは口に入れると、甘い匂いが広がった。

「母さんもこういう失敗したことがある?」

「そうねえ。実はね、母さんは父さんよりずっと頭脳明晰《めいせき》だったの」

「うそだ」

「何、その疑わしい顔は。直の賢さは母さんの頭脳が遺伝してるのよ。その昔、母さんは東大だって合格しちゃう勢いだったんだから」

「じゃあ、どうして東大に行かなかったのよ」

実際に母さんが行ったのは、短期大学だ。

「だって、その時にはもう父さんと付き合っていたもの」

「それと東大に行かないのとどう関係があるの?」

「わざわざ東大に行く必要なんかないじゃない。父さんと一緒にいること以外はどうだっていいんだから。それに、やっぱり、佐和子と一緒で厄介なことになりそうだなあと思ったんだ。父さんより良い大学に行くのって。どうしてだか変な気を遣っちゃうんだよね。でも、別に後悔しているわけじゃないのよ。東大に行くことは母さんには意味がなかったから。父さんを愛することが第一優先だからね」

「何かすごくドラマチックだね」

私は若かりし日の父さんと母さんを思い浮かべて、ちょっとどきどきした。

「だけど、それだけ気を回したつもりでもこれだもんね。父さんが自殺する気負いでいたことすら気づかなかったし、別居する羽目になっちゃうんだから」

母さんはちっとも悲しそうではなく、そう言った。

「結局よくわかんないよ。どっちがいいのか。どっちが正しいのか」

「どっちでもいいのよ。自分の勉強を取っても、大浦君に気を遣っても、たいして結果は変わらないんじゃない」

「じゃあ、どうすればいいの？」

「大浦君、すぐに絶交なんて言ってくるぐらいだもん。簡単に解決するわよ」

「だといいけど」

「大丈夫。しばらくねぎを控えたら、佐和子の頭も落ち着くわよ」

母さんはそう言って、でも三番ってすごいわね。あまりにもねぎを食べ過ぎたのかしら、と笑った。

母さんはのんきに言ってたけど、私と大浦君の隔《へだた》りは簡単には解決しなかった。次の塾の日も、その次の塾の日も、大浦君は私と目も合わそうとしなかった。いつもさっさと私を振りきって、電動自転車で帰っていく。

どうすれば絶交が解けるのだろうか。絶交なんて小学校低学年までの言葉だ。あの頃は、毎日絶交して、次の日には仲直りをした。高学年になると、けんかはもう少し本格的になって、一度、絶交なんて言い渡すと、何日も近づけないようになる。中学生になると、それがよくわかるからけんかも絶交もめったにしなくなる。直ちゃんと絶交した時は一日で元通りになったけど、それは私達が家族だからだ。毎日一緒にいる必要のない大浦君とは仲直りしなくたってなんの不自由もない。だから、難しい。今の私には絶交を解く方法がまるでわからなかった。

どんどんこじれて、もうどうしようもなくなってしまっている。そして、私はそんな小さなことで自分でも驚くほど、すっかり元気をなくしてしまっていた。食欲も出ないし、何をしても楽しくない。勉強だって手に付かない。机に向かって問題を解いても、何も頭に入ってこない。

母さんが直ちゃんより私の大浦君への思いの方がよっぽど深いと言ってたけど、その通りだ。直ちゃんが恋人にふられた時の何倍も、私はダメージを受けていた。

6

日曜日に駅前のケーキ屋に出かけた。気を落としているのが目に見えたのか、父さんが好きなものを買っておいでと小遣いをくれたのだ。食欲があったわけじゃないけど、とりあえず私はチーズケーキを買った。その帰り、覚えのある匂いがした。甘くて刺すような……。

私は辺りを見回した。駅前のロータリーには人がたくさんいた。だけど、すぐに匂いの元を見つけだせた。前に家に来た時より、痩せていて、髪も少し短くなっていて、見逃しそうだったけど、この匂いは間違いない。小林ヨシコだ。

相変わらず派手な服を着た彼女は、ロータリーの真ん中で大きく手を振っていた。誰かを見送りにきていたのだろうか。小林ヨシコの視線を追うと、黒いスポーツカーに乗った男の人が窓を開けて彼女に応えているのが見えた。ああ、やっぱり。なぜか私はそう思った。

「こんばんは」

男を見送り終えると、小林ヨシコはそのまままっすぐ私に近付いてきた。さっきから私を見つけていたという。

「ケーキ屋にいたでしょう？　何か一人辛気くさい顔してるんだもの。目立ってたわよ」

小林ヨシコが言った。

「今の誰ですか？」

私はヨシコの言葉には答えずに訊いた。

「ああ、村井君」

「恋人ですか？」

「まあね」

「まあねって、直ちゃんは？」

「中原君も恋人だよ」

「それって、すごくおかしい」

「そう？　別にいいんじゃないの」

「よくないよ。直ちゃん、こんなこと知ったら悲しむ」

「別にあの人はこんなことで悲しまないわよ」

小林ヨシコは少しも悪びれずに言った。

「悲しまないわけがないじゃない。だいたいおかしすぎるよ。一人も恋人がいるなんて」

私が抗議すると、小林ヨシコは「二人どころか」とくすくす笑った。

「ねえ。あなたはお兄ちゃんのこと好きみたいだけど、中原君、相当いけすかないわよ」

「いけすかない？」

「そう。一ヵ月も一緒にいると、わかっちゃうんだよね」

「何ですか。それ」

「かなりいい加減だってことよ」

お土産にサラダ油を持ってきたり、恋人が何人もいるような人にそんなこと言われたくなかった。

「いい加減？」

「一緒よ。私と中原君では見え方が違うだけ。見えやすいだけ私の方がまだましなんじゃない」

小林ヨシコはそう言うと、もう行かなきゃ、と私に手を振った。私はまったくわけがわからなかった。あまりにわからなくて、家に帰って辞書で「いけすかない」を調べたぐらいだ。結論。直ちゃんはいけすかなくなんかない。それしかわからなかった。


大浦君との絶交で、まったく勉強が手に付かなかった私は、六月の試験で三位から五十七位に席次が下がった。

「短期間でこれだけ成績をアップダウンできるのって、一種の才能だね」

直ちゃんは本気で感心していた。私だって、絶交一つでこれだけ席次を下げてしまう自分に呆れている。気持ちを入れ替えないと、これでは西高には行けない。とにかくもっと勉強時間を増やすことにした。

参考書を借りようと、直ちゃんの部屋に入った。大浦君との絶交以来、部屋にこもることが多くなって、直ちゃんの部屋に入るのは久々だった。相変わらずギターが大事に飾られている。もうすぐ、暗い歌を歌う日が来るんだろうな。かわいそうに。私はため息をつきながら直ちゃんの机に近付いた。

お目当ての数学の参考書は机の上の本立てに立ててあった。それを取りだしてふと下を見ると、机の引き出しから写真がはみ出ていた。何の写真だろうと引き出しを開けてみた。考えてみたら、直ちゃんの机の引き出しを開けるのは初めてだった。直ちゃんはへらっとしていて、秘密など持ち合わせていなかったし、わざわざ直ちゃんの持ち物を見ようという気持ちになったことが今までなかった。

引き出しの中から覗《のぞ》いていたのは、小林ヨシコとのツーショット写真だった。直ちゃんはいつもの顔だったけど、意外なことに小林ヨシコはなんだか寂しげな顔をしていた。他にも男がたくさんいるくせに。私はまじまじと見た写真を引き出しにしまい込んで、閉じようとした。その時、引き出しの中に一通の封筒があることに気づいた。

大切そうに置かれた封筒は妙な空気を放っていた。引き出しの中の様々な物の中で、その封筒だけが浮いて見えた。ごく普通の白い封筒なのに、収まりが悪そうな違和感があった。私は無意識にその封筒を手に取った。なんだかすごく掌《てのひら》に馴染《なじ》んで、よく知っているもののように感じた。

罪悪感は全くなく、その封筒を開けた。中には丁寧に折りたたまれた便箋があった。ずいぶん前のものらしく、少し黄ばんでいた。何回も読まれているらしく、よれてもいた。見たことはないのに心当たりのあるような便箋。それが何なのか、わかりそうになったのと同時に直ちゃんの声がした。

「見た?」

「え？」

私は慌てて振り向いた。

「その中、見た？」

「まだ……、あの、引き出しから、写真が飛び出てて、しまおうと思ったら」

「うん。しまおうと思ったら、意味深な封筒があって、思わず開けてしまった」

直ちゃんが私の言い訳の後半部分を先に言った。

「ごめん」

「いいんじゃない。それ佐和子のものでもあるんだし」

「私のもの？」

「そう。みんなのもの」

直ちゃんは私の手から手紙を取り上げた。

「突然のことで驚いたと思う。迷惑をかけてすまない。どうしようもなくなった。少しずついろんなことに狂いが出て、もう元に戻せない状況に陥《おちい》ってきた。大切なものは全部、机の一番上の引き出しに入れてある。後のことは……」

直ちゃんは淡々と読み上げた。

「それって……。捨てたんじゃなかったの？」

「うん。捨てたんじゃなかったみたい」

「どうして？」

父さんが自殺未遂をおかしたとき、直ちゃんは我が家で唯一遺書を読んだ。私が必死で救急車を呼んでいる時に、一人遺書を探しだして読んでいた。そして、「自殺って失敗だったんでしょ？　じゃあ、遺書も無効ってことで」確か直ちゃんは捨てたと言っていたはずだ。

「俺ね、父さんが死んだ時、ああ、ついにって思ったんだ。やっぱりなって思った。そして、恐かった。父さんが死んだことじゃなくて、俺もこうなるんだなってことがね。自分が父さんみたいに死ぬのも時間の問題だって思った。ああ、俺もこうやって死ぬときがもうすぐ来るんだなって思った」

直ちゃんは神妙なことを、いつものんきな口調で言った。

「どうして？　どうして直ちゃんが死ななくちゃだめなの？」

「父さんが死んだ頃、ちょうど俺にもゆがみが出はじめていたんだ。子どもの頃から、なんでも完璧に、正しくこなしてきたのに、少しずつ、ずれが出はじめた。初めはそんなずれはすぐに元に戻せたんだけど、中学生になって、さらに高校生になって、それはどんどんひどくなってきた。そのうちどうがんばっても、溜《た》まっていくゆがみを戻せなくなるのがわかった。そうなったら、ゼロに戻すには、死ぬしかないんだな、って。俺もこの人みたいに死ぬんだなって思った」

「何言ってるの？　嫌だよ。そんなこと。絶対だめだよ」

「大丈夫だって。それはこの遺書を読むまでの話だから」

直ちゃんが泣きそうになる私を笑った。

「この遺書、優れものなんだぜ。ちゃんと最後に、長生きの秘訣が書いてあるんだ」

「長生きの？」

「うん。父さんは、真剣ささえ捨てることができたら、困難は軽減できたのにって書いてた。その通りだと思う。俺はその方法を使った。だから、二十一歳になってもまだ生きてる」

直ちゃんはそう言うと、遺書をきれいに畳《たた》んで封筒に入れた。そして、封筒を元の場所に戻すと、「なんてね」と笑った。

だからだ。だから直ちゃんはすぐに失恋するんだ。どうして私は今まで直ちゃんの大きな欠落部分を見逃していたのだろう。私が頭痛を起こすように、母さんが家を出たように、直ちゃんにもやっぱり何かが起こっていたのだ。

直ちゃんの長生きの方法は間違ってる。だけど、それは私には教えられない。それを知って直ちゃんが傷つくのは怖い。

「今の直ちゃんってすごく愛おしい。ぎゅってしてあげたくなる。こういうのって近親相姦になるのかな」

私が言うと、直ちゃんが笑った。

「ならないならない。だから、ぎゅってして。ちょうど、胸に頭が当たるようにね」

直ちゃんはこういう下品なことを言うのがとてもへたくそで笑えた。

「ねえ、直ちゃん。あの香水女、直ちゃんのものにしちゃいなよ」

「俺のものにしちゃうって？」

「もっともっと小林ヨシコに本腰を入れなきゃだめだってこと」

「どうして？　佐和子嫌いじゃなかったの？」

「うん。大嫌い。でも、小林ヨシコは直ちゃんを救うかもよ」

私はずっと直ちゃんと一緒にいた。生まれた時からずっと。悲しい時も嬉しい時もいつだって一緒だった。そして、直ちゃんが大好きだ。兄として尊敬し、共に生活するものとして愛し、同じ時間を大事に過ごしてきた。

それでも、私にはわからないことがいっぱいある。三ヵ月そこそこ付き合った赤の他人が簡単に見破ることが、私には見えない。もちろん、どんなに愛し合っている女の人にもわからないことでも、わかる自信もある。

他人じゃないと救えないものが直ちゃんにはある。きっと、同じように私にも。


Cクラスから出てきた私を大浦君が待ちかまえていた。

「何なんだよ。お前は」

「へ？」

「どうしてCクラスなんかにいるんだよ」

「だって。こないだのテスト、五十七番だったんだもん」

「三番から五十七番って、どれだけ気を抜けばそんなに急降下できるわけ？」

理由は一つだ。この一ヵ月、私の頭には大浦君のことしかなかった。このまま大浦君との絶交が続けば、次は間違いなく最下位になるだろう。

「まったく、どうしてお前は何も言わないの？」

大浦君がいらだった声で言った。

「何が？」

「俺、お前に絶交だって言ったのに」

「うん。聞いてたよ」

「だったら、早く言えよ」

「何を？」

「絶交取りやめてって」

「へ？」

「このまま永遠に口きかなくてもいいわけ？」

「ちょっと嫌だけど」

「じゃあ、言えばいいだろう」

「そんなものなの？」

母さんの言うとおり、仲直りは簡単だった。言い訳も謝罪も必要なかった。大浦君は私が想像していた何倍も単純だったみたいだ。

「だったら、もっと早く言えばよかった」

私は急に気楽になって、この一ヵ月、大浦君に全てを費やしていた自分が笑えた。そして、すっかり忘れていたことに気がついた。大浦君にうつつを抜かしてうっかりしていたけど、梅雨《つゆ》はもうそこまで来ていた。

「今ぐらいの時期にさ、父親が自殺したんだよね」

塾を出ると、私は大浦君の電動自転車にもたれながら、曇《くも》った空を見上げた。梅雨が近付くと、夜空まで濁《にご》ってしまう。

「は?」

「六年前の梅雨にね、父親が自殺したの」

「自殺したって、中原の父ちゃん、予備校で働いてるじゃん」

「みたいね」

「みたいねって何だよ」

「それにね、私の兄って病気なのよ。そのせいで女にふられまくってるの」

「は?」

大浦君はますます眉をしかめた。

「それで、母親は家を出て一人で暮らしてるんだ」

「何なんだよ、その意味不明な話は」

「結局、この時期になると調子が悪くなるってこと」

「さっぱりわかんないよ」

大浦君は混乱しているのか、頭をぶんぶんと振った。

「ねえ。もっと仲良くなりたい」

「それはわかるけど」

「大浦君がいたら、なんとかなりそうな気がする。最近、バファリンもあんまり効かなくなってきたしね」

「俺、お前が思ってるほど理解力ないから、意味わかんないけど」

「知ってるよ。大浦君賢くないもん。そんなことじゃ、西高、受からないよ」

「大丈夫。意味はわかんないけど、中原の言いたいことはわかるから」

大浦君が言った。

「よかった」

一ヵ月ぶりに大浦君と塾の前で立ち話をして、一ヵ月前と同じようにお互いの自転車に乗る姿を見届けた。ただ、今日は、「じゃあね」って言った後振り返ると、まだ大浦君が手を振っていた。電動自転車はのろのろ進み、今日はまったく威力を発揮していない。

梅雨を迎えるぼんやり暗い夜の空に、ちっさな星がかすかに見える。私は大浦君の気配を後ろに感じたまま、夏前の夜道を自転車で家へと向かった。

救世主

直ちゃんが目覚めた。いつから眠っていたのかは不明だけど、長い眠りからようやく目を覚ました。小林ヨシコは本物の救世主だったのだ。

1

ある日曜日の夕方、傷だらけの直ちゃんが帰宅した。唇《くちびる》の端が切れて、頬がうっすらと青ずんでいて、どう見ても殴られた痕《あと》だというのがありありとわかった。

穏やかな中原家では誰かがけんかして帰ってくるなんて、めったにないことだ。夫婦げんかも兄弟げんかもほとんど起きない。私が小学生の時、スカートをめくった男子に石をぶつけて、仕返しに蹴飛《けと》ばされて以来の戦いだ。だから、父さんも私もすごくびっくりした。

「どうしたの？　それって」

「ああ、これ？　けんか」

直ちゃんは私達の興奮をよそにあっさりと答えた。

「けんかって、デートだったんでしょう?」

今日、直ちゃんは恋人である小林ヨシコの家に行くと、朝から浮かれて出ていった。

「ああ」

「ああって、じゃあどうしてそんなことになってるのよ。途中で不良に絡《から》まれたの?」

「いや」

「じゃあ、チンピラ?」

「違う。ヨシコさんの他の恋人に出くわしてしまったんだ」

「へえ……」

私は小林ヨシコに直ちゃん以外に付き合っている男の人がいることを知っていた。高校生になり、電車通学をするようになった私は、時々駅で小林ヨシコを見かけた。彼女は必ず、誰か男の人と一緒にいた。

しかし、直ちゃんが小林ヨシコの恋人と出くわしてしまったことには驚いた。小林ヨシコは器用でずるい女だから、自分の恋人同士が鉢合《はちあ》わせするようなミスは絶対しないはずなのだ。

「すごいだろ」

直ちゃんはちっともすごくない声で言った。

「じゃあ、そいつと戦ったのね!　かっこいい直ちゃん」

「そりゃどうも」

「で、勝ったの?」

「どうなのかなあ……。相手はもう止《や》めてくれって言ってたから、一応勝ったのかな？」

「ひゃあ。すごい。すごすぎる。直ちゃんがけんかに勝つなんて！　ハードバイオレンスだね」

私は兄の勝利に歓声《かんせい》を上げた。父さんも、「おお、なんだ、直はそんなに強かったのか」と感心した。

平和主義の直ちゃんは幼い頃から人と争うことをしなかった。それに、勉強もスポーツもずば抜けてできる直ちゃんに戦いを挑むような人物はいなかった。だから、直ちゃんのけんかの腕前を知る機会は今までなかったのだ。

「暴力は嫌いだけどね」

直ちゃんは澄ました顔をしてお茶を飲んだ。

「いいってたまには暴力ぐらい。直ちゃんってけんかも上手だったんだね。ちょっと、見直しちゃった」

「まあ、ね。相手の動きは読めたな。俺って力はさほど強いわけじゃないけど、動体視力が優れてることと、相手の動きを分析できる力はあることに気づいたよ。でも後味悪いなあ。相手の顔を殴った感触が手に残ってて、気味悪い。ぐにゃりっていう感触と、骨の硬い感触と。思い出しても鳥肌立つ。ちょっと悪いことしたかなあ」

「そんなの気にしなくていいよ。直ちゃんだって、顔に怪我《けが》してるじゃん。お互い様なんだから」

「これ？　これは、その男にやられたんじゃないもん」

「じゃあ、誰？　まさか相手は二人がかりだったの？」

小林ヨシコの恋人は何人もいる。私が見かける時、彼女は毎回違う男といた。年齢層も、容姿もみんなバラバラで、小林ヨシコの好みはまるでわからない。一体直ちゃんは何人の恋人と鉢合わせしたのだろう。

「いや。これは、違うんだ」

「違うって？」

「これは、男じゃなくて、……ヨシコさんに殴られた」

「ヨシコさんって、小林ヨシコに？」

「ああ」

「ああって、どうして小林ヨシコが参戦してくるのよ」

「俺が相手の男を突き飛ばしたら、ヨシコさん激怒して、ウーロン茶のペットボトルで思いっきり殴ってきたんだ。さすがに、ヨシコさんに殴られるとは読めなくて、身構える暇なく、やられてしまった」

「ひどい」

「いや、全然大丈夫なんだけど」

「ひどいよ」

私はその事実にがっくりきた。そして、直ちゃんは負けちゃったんだなって思った。いくら相手を倒したって、小林ヨシコの愛を得られなかったら、完全に負けだ。

「ま、またがんばるよ」

直ちゃんは気軽に言った。

「そうなの？」

「ああ。俺はポジティブシンキングだからね」

「うわあ、不似合いな言葉。まるで直ちゃんじゃないみたい」

「だろ？　マキロンしてくれ」

二十二歳にして、ちょっと男らしくなった直ちゃんにマキロンで消毒してあげた。ペットボトルの威力は強く、唇の横の傷は深かった。痛みに弱い直ちゃんは、ポジティブシンキングのくせに、「やっぱり染みるから止めてくれ」と、マキロンから逃げまどっていた。


私は目覚めている直ちゃんをほとんど知らない。いつも飄々《ひょうひょう》として、怒らず、いらだたず、興奮せず、どんな困難もさらりと流す。それが直ちゃんだった。勉強もスポーツもできる。でも、それはそれでおしまい。そういう能力を何かにいかすことも、伸ばすために努力することもなかった。一生懸命になっているのは、小学生の頃に始めたちっとも上達しないギターぐらいで、何に対しても必死になることがない。

「真剣ささえ捨てれば困難は軽減できる」それが、直ちゃんのモットーだった。だから、小林ヨシコに出会うまで、直ちゃんは恋愛を三ヵ月以上続けることができなかった。

2

翌朝、早くから起き、直ちゃんはステーキを焼いていた。台所に降りていくと、じゅうじゅうと肉の焼ける音と、油の焦《こ》げる香ばしい匂いがしていた。

我が家は、朝食はしっかりめに摂《と》る。だけど、さすがに朝から肉はきつい。

「どうしたの？」

「何が？」

「何がってお肉」

怪訝《けげん》そうな私に、直ちゃんはおはよう、と言ってから説明した。

「今日は月曜日だからね」

「だから？」

「だからって、毎週月曜日は肉の日だろ」

「それは、スーパーの安売りの話でしょう？　朝から肉を食べろってことじゃないよ」

「まあまあ。座りなさい、妹よ」

言われるまま自分の席に着くと、直ちゃんが焼きたてのステーキを運んできた。ほうれん草とにんじん、潰《つぶ》したじゃが芋も添えてある。直ちゃんは自分の分も用意すると、私の隣に座った。最近朝食は二人で食べる。父さんは、予備校の仕事が夜遅くまであるため、朝は遅い。

「佐和子。ついに中原家の兄妹も手を結ぶ時がやってきたぞ」

直ちゃんは勢いよく肉をほおばってから、意味のわからないことを宣言した。

「何それ」

「何それって、佐和子はおかしいと思わないのか？」

「おかしいって、何が？」

私も肉を口に入れた。朝からステーキを突っ込まれて、胃はびっくりしている。だけど、お肉は上手に焼けていておいしい。

直ちゃんはいつもできるだけ安い肉を買ってくる。そして、お酒やコーラに一晩漬けたり、せっせと叩いたりして、いかにおいしい肉に変身させるかに挑戦している。

「父さんは仕事を辞めて、浪人生になり、挙げ句の果てにフリーターになってしまった。母さんは家を出て、一人で暮らしている」

「そうだね」

七年前、父さんが自殺を失敗した。それ以来、私達の家族はなんとなくおかしくなった。私は今まで何度もそのことに戸惑い苦悩し、何とかしないと、と焦った。しかし、直ちゃんはそんなことにはびくともせず、ずっと流してきたのだ。

「でも、どうして突然？　そんなこと、今に始まったことじゃないじゃない」

「うん。始まったのは昔だけど、昨日どうも変だと気づいたんだ」

「昨日？」

「そう、考えてみたら、やっぱりすごくおかしいなあって」

「別にこれでいいんじゃないの？　母さんも一人暮らしを楽しんでるし、父さんだってバイトだけど、ちゃんと仕事してるんだし……。誰も困ってないよ」

そうだ。母さんはしょっちゅう家に来るし、元気に暮らしてる。父さんは大学受験こそ二年連続失敗しているけど、予備校での仕事に夢中になっている。みんなそれなりに健やかだ。それでいい。今では私もこのおかしな環境に慣れてきた。ちょっと変かもしれないけど、長い時間をかけて今の生活ができたのだ。みんなが苦心している時に平静で、みんなが落ち着きだしたら慌てだす。直ちゃんがずれているのだ。

「だけど、人間には役割ってあるだろ？」

「そりゃそうだろうけど」

「我が家はみんなそれを放棄している」

「でも、みんなちゃんと暮らせてるじゃない」

半分も食べると胃が疲れてきたので、私は肉を食べるのを止め、キャベツを生のままばりばり食べた。

我が家の食卓にはいつもキャベツを四つ割りにしただけのものが置かれている。それをみんなが好き勝手に剝《は》がして食べる。直ちゃんの職場のキャベツは農薬を使っていないから、どこからかじっても安心だ。春のキャベツは何もしなくても甘くておいしい。それに、キャベツをかじると、口の中も胃の中もすっきりする。

「ある死刑囚がね、もうそりゃ、すごく無気力に暮らしていたんだって」

「どうして死刑囚が出てくるの？」

「まあ、いいから。でね、そいつ、死ぬことが決まってるわけだから、本当に無駄に苦痛に毎日を過ごしてたんだ。しばらくしたら死ななくちゃいけないのに、気力が出る方がおかしいもんな。だけど、それを見かねた看守が小さな鉢植えを死刑囚にプレゼントしたんだ。毎朝その鉢植えに水をやる。その日から、それが彼のささやかな仕事となった。花を枯らさないこと、それが彼の使命となった。それからその死刑囚は死ぬまでの日々を、毎日穏やかに健やかに過ごせるようになったそうだ。めでたしめでたし」

直ちゃんは話し終えると、満足そうにまた肉を口に入れた。

「その死刑囚とうちの家族と何の関係があるのよ」

「ある程度、役割は必要だってこと。役割を果たすことで、生きてる実感がわくし、みんなが役割を果たせば、いい環境が作られる。だから、父さんは父さんでなくっちゃ、母さんは母さんでなくちゃだめなんだ。俺は兄で、佐和子はもっと可愛くなくちゃいけないんだ」

最後の条件はいまいちわかんない。それに、こんなこと言う直ちゃんは、とても面倒くさかった。

「俺、仕事が早いんだ。基本的に働き者だし、要領がいい。で、職場でもどんどん仕事をこなすわけ。他の人の仕事だって手伝っていた。そしたら、早く済むし、もっといろんなことができる。そう思ったし、いちいち、この仕事は誰がやるとか決めずに協力しあえるのは理想だから。だけど、違うんだ。そんな理想は存在しない。最初はみんなありがたがってたけど、だんだん俺がやることが当たり前になってくる。すると、助け合うどころかすごくバランスの悪い職場になるんだ。俺はみんなの何倍も仕事をする。みんなはそのうち、何もしなくなってしまう。そして、それが職場の常識になってしまう。みんなどこかで嫌だなって思ってるのに、常識になってしまったらなかなか崩せない。学校だって同じだろう?」

「確かにそうだけど……」

私は思い浮かべてみた。掃除当番をさぼる子はいつも一緒で、いつも同じ子が働いている。そして、掃除当番をさぼる子が真面目《まじめ》な子に感謝しているかと言えば、違う。それはその学級の常識になっている。

「家族も一緒」

「じゃあ、どうするの?」

「それはまだ考え中なんだけどね」

直ちゃんはそう言うと、また肉をほおばった。目覚めてしまうと、朝から重いもの食べて、妙な話をするんだなあ。私は感心しながら、キャベツばかり食べていた。

3

高校入学後、初めの学級活動は学級委員決めだ。二週間ちょっとでクラスの代表を決めなくてはいけない。同じ中学から来ている子もいるけど、新しい顔ぶれが多く、お互いに対する知識がほとんどない。その段階で自分たちのクラスの代表を決めるのだから、困難且《か》ついい加減な作業だ。

「男子は決定ね。では、女子の立候補はないですか？」

担任の前田先生が言った。

前田先生の担当教科は英語。まだ若い女の先生だ。アメリカの大学を卒業したというだけあって、英語の発音は確かに抜群だと思う。だけど、やたらとアメリカ的な思考を前面に出してくるところが私は苦手だった。イエス、ノーははっきりと。自己主張はしっかりと。合理的に効率よく。それが先生の方針だった。

「やりたい人はいませんか。はっきり主張してください」

誰もうんともすんとも言わない。みんなうつむいたり、顔を見合わせたりして、早く決まってくれないかなと思ってる。もちろん、やってもいいかなって思っている子は何人かいるはずだ。だけど、自分から立候補して学級委員になるなんて、クラスから浮いてしまう可能性が高い。みんなからの人気を獲得している子も、みんなを抑える威圧感を持った子も、このクラスにはまだいなかった。

学級委員は男女各一名。男子の力関係はわかりやすく、既に気の弱そうな増田君が学級委員を押しつけられていた。

「誰もいないみたいですね。じゃあ、女子はくじ引きで決めましょう」

前田先生の提案に、みんなはどよめいた。隣同士でこそこそ話をしている子もいる。学級での取組みは、くじ引きやじゃんけんで決めるものじゃない。話し合いで解決するのが一番の方法だと、私達は小学校や中学校で教えられていた。

「みんなどうせお互いのことあまり知らないでしょう？　それで、話し合いで決めるのは難しいんじゃないの？　立候補がないということはみんなやりたくないわけだから、くじが一番平等でしょう」

確かにそうかもしれない。今、話し合いなんて成り立たない。前田先生の言うことに、一応みんな納得した。手っ取り早く決まる方がいい。役員決めの沈黙は、私達だって苦痛なのだから。

それに、この手のくじ引きはいつもうまくいく。教師の操作が入っているのかもしれないが、学校で決めごとの際に行われるくじ引きは、思いっきり外れることはなかった。

私と同じ中学校の出身者だったら、三好さんか、マキコが引き当てるだろう。他だったら、あの背の高い女の子かショートカットの子だな。

くじは生徒が好きな番号を言い、先生が最初に決めておいた番号を引き当てた人が委員になるという、なんとも不正の働かせやすいものだった。きっと、先生はうまいこと、良い人材を学級委員に当てはめるだろう。

「中原さんは？」

「じゃあ、十二番にしてください」

私は深く考えずに適当な番号を言った。

私が引き当てることはまずない。私は背が小さいせいか、実際以上に頼りなく見える。世話好きじゃないし、明朗快活でもない。今までこの手の係になったことは一度もなかった。

「では、くじを開いてみますね。えっと、私が書いた番号を選んだのは……、十二番だから、中原さんですね」

「え？」

「三組の前期の学級委員は中原さんと増田君に決定です。二人とも、前に出て挨拶《あいさつ》してください」

みんなざわざわ言いながら、私の方を見た。私も驚いたけど、みんなも驚いた。どう見ても、そんな器じゃないからだ。私と増田君が不安な顔のまま前に出ると、しばらくしてから、まばらに拍手が聞こえた。


大浦君は私が学級委員になったと聞きつけて、すぐさま自分のクラスの学級委員に立候補した。大浦君のクラスは民主的で、立候補者が出るまで、学級委員の選出は延期だったらしい。

「お前、意外にやるじゃん。俺、こういうの大好き。クラスに存在しているって思えて、学校生活が二倍は楽しくなるからな」

「あっそう」

大浦君はどうか知らないが、私は学級委員なんて嫌だ。うまくやる自信も、楽しめる気もしなかった。しかも、男子の学級委員の増田君。絶対頼りにならない。学校生活の苦痛が十倍になってしまった。明日からの日々を思うと、気が重くなる。

「あっそう、ってさあ、どうせならがんばろうぜ」

「わかってるわよ」

「わかってないくせに」

「そうね。大浦君と一緒だし、うん。まあ、がんばってみる」

「やめろよ。照れるじゃないか」

大浦君は勝手に赤くなって、私の肩を叩いた。

学校から駅まで向かう帰り道。また背が伸びた大浦君の頭に、桜の花びらがくっつく。今年は暖冬だったから、さっさと桜は開花し、どんどん花びらを落としている。

「そう、昨日、直ちゃんが目覚めたんだ」

「何それ。中原の兄ちゃんって、病気だったの？」

「いや、そうじゃなくて、突然、意識がしっかりしたというか、もう、ばりばりになっちゃったの。朝からステーキ食べられるぐらいに」

「すげえ。じゃあ、農業辞めて、大学受験するとか？」

「農業は気に入ってるから、辞めないと思うよ」

「じゃあ、画期的な野菜を生み出すとか？」

大浦君の言葉に、けらけら笑ってしまった。きっと、私は大浦君のこういうところが好きなんだと思う。

「そうじゃないけど、なんだか、家族を正しくするらしいよ」

「ふうん。すごいなあ。でも、どうして突然そんなことになったの？」

「なんか恋人のために戦って、それ以来、頭が冴《さ》えちゃったみたい」

本当は恋人にやっつけられたのだけど、直ちゃんの名誉のため、それは秘密にしておいた。

「格好いいなあ。中原の兄ちゃんって、クールに見えるけど、そういう熱い面もあったんだな」

大浦君は直ちゃんに会ったこともないくせに言った。

「大浦君も私のためだったら戦える？」

「何を今更。俺、毎日、戦いまくってるだろう？　勉強もスポーツも、お前がいるからばりばりじゃん。きっと、お前がいなかったら、俺、何にしてもそこそこだと思うよ」

「そっか。そうだね。ありがとう」

今でも十分大浦君はそこそこだと思ったけど、私は素直にお礼を言っておいた。


大浦君とは中学三年生の時、塾が一緒で二人とも進学校の西高を目指していた。私も大浦君も賢いわけじゃなかったけど、共に励まし合い、がんばっていた。

「二人とも合格したら、俺たち付き合っちゃおうぜ」

受験の一ヵ月前の大雪の日、大浦君が言った。すでにお互いが好意を持っていることは明確だったし、一緒に過ごす時間も多くなっていた。もちろん私も同意した。だけど、その時の二人の実力では西高はぎりぎりラインだった。どちらかが落ちたら私達はどうなるのだろう。どっちも落ちたら？　私は不安で仕方なく、きっと大浦君も同じように感じていた。

「死ぬ気で勉強しよう。どっちかが落ちるとか、どっちも落ちるとか、そういうのなしにしよう。二人で受かる以外の選択肢はなし」

　私達はそう誓い合い、本当に死ぬ気で勉強した。それまでも私はこれ以上勉強できないぐらいがんばっていた。毎日、飽和状態だって思うまで、知識を詰め込んでいた。でも、その日から、それ以上に勉強した。もう入らなくなった頭に無理矢理詰め込んだ。今までとは違う。西高合格だけじゃない。それ以上のものが今回の受験にはかかっていた。

　その結果、受験問題は易々《やすやす》と解けた。受験が終わった後、二人で「軽かったよなあ」と笑いあえたぐらいだ。

　一緒に入学できたけど、クラスは残念ながら別々になってしまった。だから、最寄り駅から学校までの行き帰りが一緒に過ごせる貴重な時間となった。

　一緒に電車を待ったり、電車に揺られたり、学校までの坂を登ったり。そんなことが嬉《うれ》しくてたまらなかった。電車を一台見送ったり、わざと遠回りしたり、そういうことが今の私には一番楽しいことだった。

4

家に帰ると、驚いたことに直ちゃんがギターを弾いていなかった。目覚めたついでに、自分の音感のなさにも気づいてくれたのだろうか。直ちゃんはギターの代わりに本を手にしていた。

「どうしたの？」

「ああ、お帰り」

「ギターは？」

「うん。そっか、忘れてた」

夕方、いつも直ちゃんはギターを弾く。楽譜も見ずに適当にいい加減に演奏する。小学校の時から始めて一向に上達しないのに、あきらめる気配は今まで一度もなかった。

「ギター忘れるなんて珍しいね。いったい何読んでるの？」

「ああ、夕飯に何を作ろうかと思って」

直ちゃんは読んでた本を開いて見せてくれた。いろんな料理の作り方が載っている雑誌だ。直ちゃんの仕事は朝は早い分、六時前には終わる。夕飯は直ちゃんが作ってくれることが多い。

「すごく深刻に夕飯作るんだね」

「うん。今日はこの、イタリア風いかとキャベツの春の炒め物というのを作るよ。何とも、四月らしい料理だろ」

直ちゃんは雑誌の写真を私に見せると、台所へ向かった。

一緒に暮らしていた頃、母さんは本や料理番組で研究し、バランスが取れたおいしい食事を作ってくれた。だけど、今は我が家では誰もそんなことはしない。

一人暮らしを始めた母さんは、自分だけのためだからと気ままに自由に好きな物を作っている。私達の家でも、作る人が食べたいものを食べたいように作る。直ちゃんが農業をしているお陰で、おいしい食材はたくさんある。どう調理したところで、失敗することはめったにない。それが我が家のご飯だった。だから、本を片手に料理をする直ちゃんはとても神経質に見えた。

いかとキャベツの炒め物は正しくおいしい味がした。でも、材料に載っていたバジルが家になかったため、直ちゃんがわざわざ買いに行き、出来上がるまでにとても時間がかかった。

「バジルがなくたって構わない」と私が言い、「バジルの代わりにパセリを使えばいい」と途中から台所へ来た父さんが言った。それでも、直ちゃんは「バジルはバジルだ」と頑固にバジルを買いにいったのだ。

「まあ、バジルを買いに行っただけあって、おいしい気はするな」

父さんは細かい味などわからないくせに言った。

「バジルの匂いがイタリアって感じだね」

私もパセリで十分だと思ったけど、直ちゃんの苦労をねぎらうためにほめておいた。

当の直ちゃんはバジルのことには触れずに、さっさと食事を進めると、

「これから俺は父さんを親父と呼び、母さんをお袋と呼ぶよ」

と、また妙なことを言い出した。

「おお、そうか」

「うん。いいかもね」

私も父さんもどうでもいいことだから、すんなり了承した。なのに、直ちゃんは私にまで強要し始めた。

「佐和子もそうしなさい」

「私はちゃんと父さん母さんって正しく呼んでるから、いいじゃない」

「俺のこと、直ちゃんって呼ぶだろう」

「確かに、呼んでるね」

「今後は、お兄ちゃん、もしくは兄貴に変更すべきだ」

「兄貴ってヤクザみたい」

「まあ、なんでもいいけど、兄だとわかるように呼びたまえ。妹よ」

「えー。そんな今更、難しいよ」

私は突然の直ちゃんの呼び名変更に戸惑い、父さんは他人事《ひとごと》だから、

「確かにその方がよいかもしれないな」と、のんきにお茶を飲みながら言った。

「家族を正すのには、まずは形を整えていくのが一番手っ取り早いかなって。というか、今のところ、それしか方法が浮かばないんだけどね」

「とりあえず努力はするけど、お兄ちゃん」

私は鳥肌を立てながら試しに言ってみた。直ちゃんをお兄ちゃんと呼ぶ気持ち悪さと比べれば、今の家族の不思議な感じなんて、どうってことないのに。どうして直ちゃんはこんなつまらないことにいちいちこだわるのだろう。

せっかく目覚めたのに、直ちゃんには本当に愛すべき人がいない。直ちゃんを正しく愛してくれる人がいない。だから、活性化した気持ちを注《そそ》ぐ当てがなくて困ってる。その挙げ句、エネルギーが家族に向いてるのかもしれない。本当は、夕飯や家族のことより、小林ヨシコのことを何とかするべきだ。

「はあ、長男たるもの大変だよ」

突然長男だということを自覚した直ちゃんは、ため息をつきながら後片付けのため、台所へと向かった。

5

いつものパターンだ。中学校の時と同じ。毎年、ゴールデンウィーク明けくらいになると、クラスの実態についてみんなで話し合う。生活にも慣れてきて、学級全体がたるみ出す。忘れ物や遅刻が増え、授業中の私語が多くなる。教科担当の先生の人となりも見えてきて、甘い教師の授業になると、まともに聞かなくなる。どうすればそれらを改善できるのか。それを学級で話し合うのだ。

「ほら、こういう時でもしゃべってる人いるでしょう。ちゃんと、学級委員が注意していかないとだめよ」

前田先生がしゃべっている生徒ではなく、私に注意をした。

「あの、静かにしてください」

私の言葉に不服そうな顔をしながらも、教室は一応静かになる。早く進めるように。前田先生が私にそう合図を送る。

この話し合いをするのは、今日で三回目だった。今日中に、クラスの課題を克服する方法をまとめて生徒会に提出しなくてはいけない。

昨日の放課後、増田君と私は先生に呼び出され、「必ず今日答えを出すように」と、言われていた。みんながもっと真剣に自分たちの学級のことを考えられるようにしなさい。それはあなた達、学級委員次第なのよって。

入学してから一ヵ月が過ぎ、それぞれ学級の個性が確立し始めていた。私達三組は、一年生の四つあるクラスの中で一番だめなクラスだった。積極性、学習面、授業態度。どれを取っても、劣っていた。どの教科の授業でも、それぞれの先生がこのクラスはやりにくいと思っているのが伝わってきた。うっかり「三組はだめだなあ」と口にする先生もいた。

一人一人は他のクラスの生徒とたいして変わらない。賢い子も明るい子も積極的な子もいる。だけど、学級の中では個人より学級の雰囲気が優先される。どうしても、学級のカラーができてしまう。

騒々しいけど、明るく意欲的な一組。静かだけど、決められたことはきちっとできる二組。全体的に能力の高い四組。私達の三組は、だらけた無気力なクラス。他のクラスの生徒も、教師も、私達自身もそれを感じていた。

「意見はないですか？」

私は同じことを何回も言った。

誰でもいいから何か言ってくれたらいいのに。しらけたみんなの顔を見ていると、前に立ってるのが辛くなる。増田君は何も言葉を発せず、黒板の方を向いているだけだ。いつの間にか、話を進めるのが私で、書記を務めるのが増田君という役割になってしまっていた。

「時間がないわよ」

前田先生の苛々《いらいら》した声が聞こえた。

前田先生は、物事を早く進めることが大切だと思っている。だらだらすることを好まない。私だってそうは思うけど、こういう話し合いがスムーズに進むわけないし、本当にクラスの課題を克服できる方法なんて誰も知らないのだ。

「えっと、どうすれば三組はもっとよくなりますか？」

いくら問いかけたって、誰も何も言わない。進まない話し合いにみんなもうんざりした顔をしている。私と仲の良い友達は、申し訳なさそうにうつむいて、決して私と目を合わせない。

「誰か、何か言ってください」

私の声が弱々しく響く。

授業終了まで、後五分。前田先生は不機嫌そうな顔を私に見せた。三組の雰囲気が悪いのは、学級委員が頼りないから。そう言いたそうだった。

「誰か何かないですか？　どんな意見でもいいので言ってください」

後、三分。みんなも時計を見ている。クラス中に苛々した空気が流れはじめる。今決まらなければ、話し合いは終礼を使うことになる。終礼が延びれば、クラブにもいけないし、帰りも遅くなる。そうなると、みんなの不満はもっと高まる。私だって、前に立ってみんなの言葉をひたすら待つのはもう嫌だ。

私は小さな深呼吸を一つした。中学時代、この手の話し合いの時に出されたありきたりの答えを思い出してみた。

「えっと、忘れ物や遅刻は個人の問題です。一人一人が気をつけてください。やる気がないとか、私語が多いとか、そういうのはみんなで協力して、クラスの雰囲気を高められるように、お互いに注意し合えばいいと思います。みんながいいクラスだなと思えるように、がんばりましょう」

私が言い終わると同時に、チャイムが鳴った。無事、話し合いから解放されて、前田先生も、増田君も、みんなもほっとした顔をしていた。これでよかったはずだ。

だけど、次の休み時間、雲行きがおかしな方へ流れているような気がした。

西田さんのグループが、私の名前を挙げて何か話をしていた。内容は聞き取れなかったけど、よい話をしていないのは明確だった。

西田さんは、頭も切れるし、運動も適当にこなせる。何よりも見た目がいい。細いし、顔もそこそこ可愛い。規則違反にならない程度に制服を崩して着こなしていて、持ち物もしゃれている。人の欠点を指摘するのがうまく、多少わがままを言ってもすんなり許される力を持っていた。西田さんに嫌われることは、三組では致命傷だ。

私はなんとなく、教室に居心地の悪さを感じた。

6

日曜日の夜、直ちゃんが私の部屋へやってきた。

「おい、妹よ」

「何、お兄ちゃん」

「俺たちって、すごいお得な兄妹だと思わないか?」

直ちゃんはそう言って、勝手に私のベッドに腰掛けた。

「どこが?」

「佐和子は女だし、俺は男だろう?」

「そんな兄妹どこにでもいるよ」

「そっか。でも、俺は女心を妹から聞けるし、佐和子は男の気持ちを俺から聞き出せる。それを生かせば、二人ともとってもうまく生きていけるんだぜ」

私は直ちゃんから男心を聞き出そうとしたことは今まで一度もなかったけど、「それもそうだね」と頷《うなず》いておいた。

「で、何を聞き出そうとしてるの？」

「何をって言われるとなあ」

直ちゃんは照れくさそうに言った。

「どうせ小林ヨシコのことでしょう？」

「さすが妹よ、鋭いね」

直ちゃんは恋人と鉢合わせしてからも、小林ヨシコと会っていた。それまでとまったく同じように、週二回電話して、土曜か日曜にデートする。それを規則正しく続けていた。

「で、どうしたの？」

「どうしたっていうか、別にどうっていうこともないんだけど」

「何なのよそれ」

「ごめんよ。妹よ。兄でありながら、情けないけど、どうしたらいいかわかんないんだ。こんなことなら、もっと後で、兄宣言をすべきだった」

「もういいから、何？」

「実は、どうもヨシコさんとうまくいってない気がするんだ。気のせいかもしれないんだけど、何て言うか、しっくりしていないというか……」

直ちゃんは今頃気づいたのか。それは決して気のせいなんかじゃない。付き合い始めた頃から、直ちゃんと小林ヨシコはちっともうまくなんていってなかった。

「ヨシコさんは俺のこと好きなのかなあ。そもそも俺たちって恋人なのだろうか。もちろん、毎週のように会うし、映画見たり、食事したりもするけど、たいして他に何もしないんだよな。一緒にいたって、取り立てて話すこともないし、ただ、決められているだけのようで、気持ちは別々みたいな」

「何か中学生みたいな悩みだね」

高校生の私はそう笑った。本当に長いこと直ちゃんは眠っていたのだなあって思う。

「よし、決めた！　勝負に出よう」

「勝負って？」

「こんな風にだらだらと、ちょうどいい感じにしているからうまくいかないのよ。もっとメリハリを付けないと」

「なるほど。で、どうすればいいの？」

「押すか引くかよ」

「押すか引く？」

「そう、例えば、電話するならするで、毎日だって電話しまくる。朝だろうが夜だろうが構わずにね。逆に、電話をしないならしない。絶対に直ちゃんからはかけない。そうやって、どっちかに決めるの」

直ちゃんは毎週決まった日の決まった時間に電話をして、決まった曜日に会っている。小林ヨシコをものにするには、そういうんじゃだめだ。そんなのちっとも恋愛じゃない。

「さあ、どっちにする?」

私に迫られ、直ちゃんは神妙に考え出した。

「難しい選択だなあ。押しすぎても、うっとうしがられるだろうし、引いてるうちに冷められそうだし……」

「もう。弱気だなあ。そんなことじゃ、小林ヨシコには通用しないわよ。彼氏の家に遊びに来るのにサラダ油を持ってくるような女なんだもん。決められたとおりにこなしてるだけじゃだめなの」

「でも、また殴られるのは嫌だなあ」

直ちゃんが力なく笑った。

「大丈夫。今度は、小林ヨシコが殴るかもしれないという予測ができるでしょう? だから、あんなひどい怪我にはならないよ」

「だといいけど」

「よし。引くことにしよう」

決断できない直ちゃんの代わりに、私が結論を出した。

「これから、直ちゃんから電話するのも会いにいくのも禁止ね」

「そうなの?」

「そう。絶対に直ちゃんからは動いちゃだめだよ」

いつも決まった時間にかかってきた直ちゃんからの電話がなくなる。図太いヨシコのことだから、一回くらいは気づかないかもしれない。だけど、二回三回電話がないと、変だなと思い出す。そのうち、気になって仕方がなくなって、小林ヨシコの方から動くはずだ。毎日決まった動きをしていたものがなくなる。それは人を不安にさせる。不安は人を動かすのだ。

今、大浦君は全開で私を愛してくれているし、好きだって気持ちをちゃんと伝えてくれる。でも、それは私をとても不安にさせる。そんな大きな気持ちがずっと続きはしないことを高校生の私は知っているのだ。全開だった気持ちはその分早く降下するに違いない。だけど、それを知ってても、ずっと好きでいてほしいって思う。だから、気を抜いちゃだめだ。って思う。今の大浦君の愛情がちゃんと続いてほしいなら、私もちゃんと大浦君を好きでいなきゃって思う。

直ちゃんは小林ヨシコと付き合い始めてから一年近く、週二回の電話と週末のデートを確実にきっちりこなしてきた。それが何かにいかせるとしたら、今だ。

「十時だ」

直ちゃんは電話をするなと言ったのに、十時前に電話の前までやってきた。

「我慢だよ」

「ああ、声が聞けないってだめだな」

「慣れだよ。どうせたいしたこと話してなかったじゃない」

いつも小林ヨシコと直ちゃんの電話は十分とかからない。話が盛り上がって長電話になることなんてまずない。ただの確認の電話なのだ。

「一日目が気になるだけだよ。そのうち、すぐなれて、週二回も電話してたなんて面倒だったんだなって思うよ」

「だといいけど」

私の助言を直ちゃんは頼りなく受けとめて、部屋へと帰っていった。

7

六月九日に、近所の老人ホームとの交流会がある。うちの高校からは、一年生が老人ホームに行き、各クラスから歌のプレゼントをする。一昨日から、その交流会にむけて、朝の始業前の時間で学級ごとに歌の練習をしている。当然、それを進めるのは学級委員の仕事だ。

「じゃあ、今日も始めるので、みんな歌ってください」

そう言って、伴奏の入ったテープを流す。歌声はほとんど聞こえない。真面目な一部の生徒と私と増田君の友達だけが、口を歌詞に合わせてぼそぼそと動かしているだけだ。

練習は今日で三回目だったが、今までちゃんとみんなが歌った例《ためし》はなかった。他のクラスからは騒々しいながらも、練習する歌声が聞こえる。

「あの、もう一回伴奏を流すので、今度はみんなちゃんと歌ってください」

私はテープを切ると、初めに巻き戻した。もちろん、結果は同じ。何度テープを流しても、何も変わらない。毎朝この繰り返しだった。

「もっと、段取りよくしないと、通り一遍に歌ってくださいじゃ、うまくいかないわよ」

練習の後、廊下に呼び出され前田先生に言われた。

「もうすぐ交流会なのに、こんなのでは間に合わないんじゃないの？」

「そうですね」

「そんなに難しい歌じゃないでしょう？」

私はうつむいたまま、「ええ」と同意をした。交流会で歌うのは、「ふるさと」だ。こんな歌、小学校の時に習っている。みんなが歌わないのは、歌が難しいからじゃない。声を出すのが嫌なのだ。くだらないと思っている子もいるし、照れもあるし、はりきって歌うことへの抵抗もある。だけど、それだけじゃない。

こないだの学級会以来、前に立つ機会がなかったから沈静化していただけで、あの時生まれた私への敵意は何人かの生徒の中にしっかり根付いていた。また、私が前に立つようになって、クラスの嫌な雰囲気がよみがえりつつあった。

「このままじゃ、ますますクラスの団結力がなくなるわよ。大変なのはわかるけど、もっと中原さんがしっかりがんばらないと」

前田先生はそう言うと、職員室へ帰っていった。

大浦君のクラスは取組みを楽しそうにやっていた。ああいう単純な人は、はまればクラスの人気者になる。みんなが手を貸し、力を貸し、大浦君をもり立てていた。

「できるって。中原だったら。きっとうまくやれるって」

「昨日は、だめでもいいじゃんって言ったくせに」

「いろんな励まし文句を用意してるんだって。すごいだろ?」

取組みが始まって、五日目。朝の練習の十五分間が私の一日を重くしていた。教室へ向かう階段。大浦君と一緒だということがせめてもの救いだ。

「ほら、がんばれって。たった十五分間じゃん。あっという間にすぐ終わるって」

「そうかなあ……」

私にはとてもすぐに終わるとは思えない。十五分間が一時間にも二時間にも思える。

「高校生の一日は大人の十分と同じなんだって。だから十五分なんて十秒にも満たないんだぜ。そんなの一瞬。みんなだって、さらって流してるって」

「だといいけど」

大浦君のでたらめな理論に背中を押され、私は渋々教室へ向かった。

通り一遍にならないように、今日こそ少しでも歌ってくれるように。頭の中で整理する。私だって何とかしたいと思っているのだ。

「交流会まで日も少なくなってきたので、がんばって歌いましょう」

私はいつもより大きな声で言って、テープを流した。

　みんなはしらけた目でちらりと前を見ただけで、今日も誰も歌わない。じっと座ってこの時間が過ぎるのを待っている子、おしゃべりをしている子、やり忘れた宿題を片づけている子。何人かの生徒がぼそぼそと申し訳程度に歌っているだけで、何も聞こえない。増田君は気弱そうな笑顔を見せるだけで、何の頼りにもならない。

　伴奏だけが教室に響いている。こんなの流したってむだだ。ただこれを繰り返したって無意味だ。私は、曲の途中でテープを止めた。ピアノ伴奏の音が途切れ、教室は一瞬静かになった。みんな、手を止めて不審そうに私の方を見ている。

「あの、みんな全然歌ってないし、これじゃ絶対だめだと思います。お年寄りの方々も、歌を聴くのを楽しみにしてると思うので、これで交流会に行くのはすごく失礼だし、もうそろそろ本気で練習しましょう。面倒なのはわかるけど、ちゃんと歌ってください」

　私の訴えをみんなじっと聞いていた。歌ってくれる気になったのだろうか。私は不安なままもう一度テープを最初からかけた。だけど、やっぱり歌声は聞こえない。その代わり、わざとらしいひそひそ話が聞こえてきた。

「なんか、中原さんって言うことが、いちいちさむいよねえ」

「ほんと、まじでうざい。いつも、良い子ぶってさあ」

「そうそう、お前が仕切るなって感じだよね」

「言えてる」

　西田さんのグループだ。大声を上げるわけじゃない。でも、私に確実に聞こえるように話している。みんなは西田さん達の声を聞こえない振りをしている。智恵や道代は私をかわいそうな顔をして見てはいても、助けるようなことはしない。

私は今まで仲間はずれやいじめにあったことはなかった。人気者ではなかったが、嫌がらせの対象になることはなかった。真面目だけど、それをひけらかさないし、はしゃがないけど暗くないし、誰かにべったり仲良しにはならないけど、ちゃんと協調性もある。だから、何かの標的にされることはなかった。だけど、学級委員という役割は十分に私をクラスから浮かせてしまった。

「他に学級委員に向いている子、いっぱいいるのにね」

「理佐とかさ、久実がやれば良かったんじゃない？」

「ほんと」

西田さんが大きな目で私の方を見た。何か言うべきなのだろうか。

だけど、こういう時に自分から動くと失敗する。そういう女の子達を中学の時、私は嫌というほど見てきた。当たらず触らず時間が経つのを待つしかない。

私はそっと目をそらして、素知らぬ顔をした。

母さんのアパートに行くのは、久々だった。

「大浦君にたわけているからだわ」

母さんは文句を言いながら、牛乳のたっぷり入った紅茶を入れてくれた。

「いいじゃない。昨日も一昨日も会ったんだから」

母さんは離れて暮らしてはいるけど、度々家にやってくる。みんなが留守だろうと揃っていようと関係なく家にやってきては、夕飯を作ってくれたり、掃除をしてくれたりする。

「会う会わないはどうでもいいんだけど、日頃来ない佐和子がたまに来ると、何かあったのかって心配しちゃうじゃない」

「そうなの?」

「そうなのよ。で、何かあったの?」

私は紅茶を飲んで少し考えてから、「別に」と応えた。

交流会の練習は私には大きな問題だった。くだらないことなのに、それが私をうんと苦しめていた。だけど、わざわざ母さんに相談することじゃない。そう思った。離れて暮らしているから言い出しにくいのか、親に相談するほど私が子どもじゃなくなったのか、よくわからない。とにかく、母さんには言わなくてもいいことだ。そう感じた。

「別になにもないよ」

私はもう一度言った。

「あっそう。まあその辺のことは大浦君が何とかするだろうっしね。じゃなきゃ一緒にいる意味ないもの。つまらないことは大浦君に任せておいて、ケーキでも食べようか」

母さんはチーズケーキを冷蔵庫から出してきた。

クリームチーズと卵と生クリームをミキサーにかけて、そのままオーブンで焼いただけのシンプルな物で、最近の母さんの得意料理だ。昨日も一昨日も家に届けてくれた。

「またこれ？」

「昨日のとは違うのよ」

「どこが？」

私はケーキを口に入れてみた。まったく違いがわからなかった。

「チーズの種類が違うの。昨日は明治のクリームチーズだったけど、今日は森永なのよ」

「何、そのわかりづらい変化は。そんなのどっちにしてもクリームチーズでしょ？　わかるわけないよ」

「でも、森永と明治の社員にとっては大問題よ」

そう言いながら、母さんもケーキを口に入れた。

「本当、さっぱりわからないわね。昨日とは決定的に違うのに。次、佐和子が来る時には、雪印のチーズで作るわ」

「あっそう」

昨日と今日の味の違いはわからないけど、チーズケーキはとてもおいしかった。

8

交流会まで後四日。練習は嫌で仕方がないし、やらなくて済むならどんなことでもしたい。

でも、今週しか練習する時間はない。やるしかないのだ。

十五分のことだ。すぐに終わる。私は覚悟を決めて、カセットデッキを前に運んで深呼吸した。さあ、やろう。もしかしたら今日は大丈夫かもしれない。少しはみんなも変わってくれるかもしれない。誰かは歌おうとしてくれるかもしれない。かすかな期待を勝手に抱いて、テープを流す。

だけど、やっぱり誰も歌わない。初めの頃は真面目に歌っていた子達も、最近では自分たちだけが歌っていることがばからしくなったのだろう、声を出さなくなった。

漏《も》れ聞こえる他のクラスの歌声は、ほぼ完璧だ。余裕があるのか、二組は二部合唱になっている。どうして、うちのクラスだけこんな風なのだろう。歌の練習も交流会も、そりゃ面倒くさい。それでも、ちゃんとしたいと思っている子はいるはずだ。ちゃんとやらないといけないと思っている子だっている。なのに、今ではやらないことがクラスのきまりのようになっていて、誰もそれを崩そうとはしない。

「あの、みんなちゃんと歌ってください」

私の言葉はただの雑音のように流される。増田君はじっとうつむいて立っているだけだ。

「っつうか、一人で歌えばいいじゃんね」

「そうそう。朝からえらそうに言われると、こっちは一日やる気なくすんだよね」

いつもの西田さんのグループの声が聞こえる。それに乗っかって、他の子達も文句を言いはじめる。

「だいたいどうしてお年寄りのために歌なんて歌わなきゃいけないんだよなあ。無意味だって」

「こんな取組み、やりたい奴だけでやればいいのにな」

「そうそう、交流会なんて絶対誰も喜ばないんだよね」

そんなこと私に言われても困る。私だって、交流会なんてやりたくない。どんな意味があるのかわかんない。これだけの労力を注ぐ必要があるとはとても思えない。だけど、学級委員だから、やらなくちゃいけない。それが私の仕事なのだ。

「あの、もう練習できるの今週しかないし、がんばりましょう」

私はそう言って、もう一度最初からテープをかけた。けれども、誰かの歌声が聞こえることは十五分間一度もなかった。


「それは、難しいね」

私の現状に、憔悴《しょうすい》しきった直ちゃんが言った。

思った通り、一回の電話をすかしても、小林ヨシコにはなんの動きもなかった。まあ、そんなものだろうと、次を待っていた。ところが、二回目も三回目も小林ヨシコは動かなかった。電話をかけないから、会う約束も取り付けられない。週末のデートもなくなった。そんな日が一週間、二週間と続き、変化は直ちゃんだけに訪れた。

小林ヨシコと会えないうちに、直ちゃんはみるみる衰弱していった。ろくに食べず、半端な時間に質の悪い睡眠を取り、一気に不健康な男になってしまった。

今までだって直ちゃんは何度も失恋をしてきた。だけど、いつだってすぐに立ち直ってけろりとしていた。どんなことが起きても、うまくかわせる。それが直ちゃんだった。なのに、小林ヨシコを一ヵ月ほど遠ざけただけで、こんなにダメージを受けるなんて。

結局、今回の「引き作戦」でわかったのは、直ちゃんは相当小林ヨシコにまいってるってことだけだった。

「どうすればいい?」

「どうしようもない。放っておけばいいさ」

直ちゃんは中学、高校と学校生活をとてもうまくやっていた。直ちゃんと私は違うけれど、こんな時、直ちゃんだったらどうするだろう。そう思って、せっかく相談したのに、直ちゃんは他人事のように言った。

「放っておいてどうするの? そんなわけにはいかないよ。私、学級委員なんだし」

「学級委員なんて別に関係ないじゃん」

「そうかなあ……」

「どうしてそんなつまんない役割に縛られないといけないんだ。特別手当でも支給されるわけ?」

「まさか」

「だいたいその交流会で、三組の発表が失敗して困るのは誰?」

「知らないけど」

「佐和子じゃないよ」

直ちゃんは面倒くさそうに言った。

「でも……」

「スパイラルだ。佐和子が注意する、みんなが反感を持つ、佐和子が焦る、みんながいい気味だと思う。投げちゃえって」

「そうなの？」

「そう。こういう時は、投げるのが一番」

そんな考えちっとも直ちゃんらしくなかった。直ちゃんは要領よく物事をさらりとかわすけど、決して無責任なわけじゃない。軽々とやってしまえるだけで、いつもちゃんと最後までやり遂げる。それに、いつだってもっと私のことは深刻に考えてくれたはずだ。役割だ何だとあんなに燃えてたくせに、小林ヨシコ一つで、こうも変わってしまうなんて軟弱すぎる。

「なんかいい加減だね」

私が抗議すると、

「もういいだろう。なんか考えたら疲れた。寝るよ」

と、直ちゃんはまだ九時過ぎなのに布団に潜りこんだ。

9

交流会まで後三日。練習できるのは今日を含めて三回しかない。

結局、私は直ちゃんのアドバイスを実行することにした。いいと思ったわけじゃないけど、他に何も思い浮かばなかったからだ。どんな手でも使いたい。死にかけの直ちゃんのいい加減なアドバイスだって今の私には貴重な言葉だった。

歌練習の時間になっても、私は前に立たなかった。増田君が一人で前に立って、不安そうな顔をしながらテープを流している。もちろん、誰も歌おうとしない。楽譜を開けようとすらしない。私は自分の席からその光景をぼんやり見ていた。

「みんながやらないから拗《す》ねてるんじゃないの」

「無責任よね」

みんなが文句を言いはじめた。

仕切れば文句を言い、やらなくても文句を言う。みんなはいったい私にどうしてほしいのだろうか。前田先生は「どうしたの？　早くしなさい」と私に注意をした。

どうして私はこんな思いをしているのだろうか。どうして毎日みんなに責められないといけないのだろうか。確かに私は学級委員だ。だけど、これは私の仕事だろうか。これが私のやらなければいけないことなのだろうか。どうして前田先生は本気でみんなに注意してくれないのだろうか。生徒の主体性を伸ばすためだとか、自治能力を付けるためだとか、そんなの教師の逃げだ。そりゃ、みんなで前を向けたら理想的だ。でも、それには教師のバックアップが必要だ。何もないのに、私が前に出たって、どうしようもない。

みんなの苦情がだんだん増えてくる。「どうしたの？」って言う智恵や道代の声もする。「早く出てきて始めなさい」先生の語気も強くなる。だけど、どの声もテープの伴奏のせいで遠くに聞こえた。

その時だ。増田君の大きな声が響いた。今までこの教室の中では発せられることのなかった増田君の大声。

「お前ら、中原をいじめるな！」

教室は一瞬静まった。誰もが増田君の方を見た。

「僕たちだって、こんなばかばかしいことやりたくないんだ！」

増田君は教卓をどんどん叩きながら叫んだ。そして、静まった教室にどっと笑いが起こった。みんな手を叩き、笑い声を立てている。おとなしい増田君の怒る姿が面白いのだ。普段声を発しない増田君は、怒りなれていないから、怒鳴り方が滑稽《こっけい》だ。声は裏返り、動きがぎこちない。

「なにがおかしいんだよお」

増田君が怒れば怒るほど、笑いは広がる。もう止めようがなかった。増田君の友達や智恵や道代までもが笑っている。

もうだめだ。どう動いてもだめなんだ。私と増田君じゃだめだ。私達にはクラスを動かせない。私にはこの役割は果たせない。私はそう確信した。

「もう。俺は交流会で三組が失敗したら悲しい」

梅雨がちゃんと始まっている重い雲の下、大浦君が言った。

夕方の駅は人も多く、じとじととして気持ち悪い。降るなら降るで、ざあっと雨が来た方が気持ちがいいのに。

「佐和ちゃんがさ、そういう風に悲しいのだめだ」

「誰よ佐和ちゃんって。気持ち悪いな」

うまく行かない学校生活のせいで、私は苛々していた。

高校生活の悩みのメインは残念ながら友達関係だ。家族がぐちゃぐちゃであろうが、兄が死にかけようが、梅雨のせいで頭が重くなろうが、そんなこと友達関係に比べたらどうでもいい。こんなつまんないことで悩みたくなんかない。そう思うけど、どうあがいたって、一日の半分を私は三組で過ごす。みんなと仲良くする要領の良さも、三組を切り離してへらっとできる強さも私にはない。

「お前、正面から挑みすぎだぜ。同じ年代の奴を動かすのって、心底愛すべきお調子者か、尊敬せざるをえないカリスマ的能力を持つか、本気で強いか、バックに何か付いてるか。じゃなきゃ、無理だって」

「そんなこと、とっくにしっかり勘づいてるわよ」

「だったら、もうちょっとうまくやればいいじゃん」

「これでもうまくやろうとしてるわよ。だけど、どうすればいいのかわかんないの」

この二週間、私なりに努力したつもりだ。どうしたってうまくいかないのだ。

「もう、仕方ないなあ……。本当は俺、まじで、中原に惚れてるから嫌なんだけど、秘策を伝授してやるよ」

「秘策？」

一生懸命みんなに訴えてみても、役割を放棄してみてもだめだった。まだ他に方法があるのだろうか。私は大浦君の顔を見つめて言葉を待った。

「三組全員に話しかけたってだめだって。三十八人全員がお前の言うこと聞くなんて、ここまでこじれたらもう絶対無理だな」

「じゃあ、どうすればいいの？」

「お前、女だろう？　それをいかすんだ」

「どうやって？」

「強くて、クラスで力持ってる男。そういう奴らを味方に付けるんだ。三組だったら、そうだなあ、吉沢か、三宅。そこから落としていくんだ。二人とも女子にも人気あるから、あいつらが味方になってくれたらかなり力強いよ。うん。あの辺がお前についたら、三組なんて簡単に動かせる」

「それはそうだろうけど。でも、三宅君や吉沢君が私の味方になってくれるわけないじゃん」

味方どころか、三宅君も吉沢君もまるで歌の練習には参加していなかった。

「それは簡単だよ。弱々しく、『あのさ、三宅君、私どうしていいかわかんないんだ。助けて』ってなことを言うんだって。お前、日頃きちっとしてるから、ちょっと弱みを見せれば絶対ほろりって来るはずだぜ。もう男なんて単純だから、頼られれば悪い気しないんだって。三宅にしても吉沢にしても絶対協力してくれるって」

「えー。なんか気持ち悪いよ」

「そんなこと言ってる場合じゃないだろ？　後二日で交流会だぜ」

「わかってるけど……」

「失敗したらきっと、お前はもっと悲しくなるよ」

そうだろうか。交流会で三組が失敗したら、私はどんな気持ちがするだろう。今はそれはわかんない。だけど、こじれた学級を何とかするためならなんでもできそうな気がする。うまくやる自信はないけど、何もしないよりはましかもしれない。

「うん。やってみる」

「そうそう。絶対うまくいくぜ。でも、一回だけだからな。俺の彼女だってこと、忘れるなよ」

次の日、いつもより朝早く登校すると、サッカー部の朝練を終えた吉沢君が一人で教室に戻ってくるのを見つけた。

「吉沢君」

「何？」

「ちょっと、いい？」

「いいけど、何？」

「三分だけ。ちょっと来て」

私は吉沢君を四階に上がる階段まで連れて行った。ここならめったに誰も通らない。

「どうしたの？」

日頃、話すことがほとんどない私に引っ張られて、吉沢君は困惑していた。

「あのさ……。えっとね」

私は頭の中で、昨日、大浦君と練習した台詞《せりふ》を思い出してみた。えっと、私困っていて、助けてほしいの。吉沢君が頼りなの。一人じゃ無理だから。そうやってごちゃごちゃ考えてたら、なんだか涙が出てきた。

情けないなあ。みんながちゃんと歌ってくれないからってなんなんだろう。そんなことでどうしてこんなに悩まないといけないのだろう。大浦君まで巻き込んで、こんなのちっともだめだ。

「そうだよな……。中原傷ついてるよな」

なかなか言葉を発しない私に、吉沢君が言った。

「へ？」

「毎朝、俺、みんなと一緒にふざけてるけど、中原のこと本当、かわいそうだなあって思ってたんだ」

「……そうなんだ」

「ごめん」

「ううん。いいんだけど、えっと、あのね」

「わかってる。俺、協力するよ」

吉沢君はそう言って、私の肩を軽く叩いた。

「俺に相談してくれてありがとう」

「あ、うん」

「他にも男子いるだろう。なのに、中原が俺を選んでくれたって、なんかちょっと嬉しい」

「ああ、そう？　うん。そうなんだ」

「行こうぜ、教室」

吉沢君は階段を下りはじめた。

「えっと、あの、吉沢君だったら、格好いいし、みんなの人気者だし、だから、きっと助けてくれるって……」

大浦君と練習したことを少しはいかさないといけない。私が慌てて言葉を付け加えると、

「わかったから大丈夫だよ」

と、吉沢君は笑った。


増田君と違って、吉沢君は上手だった。みんなに「ちゃんとやろう」なんてかったるいこと

は言わず、「毎日テープ流されちゃうから、俺、この歌覚えちまったよ。ちょっと、いっぺん歌ってみようかな」とへらへらちゃかしながら、歌いはじめた。

「どうどう、俺の歌?」

「結構、うまいじゃん」

「だろ?」

格好いい男子は歌もうまい。吉沢君は確かに上手だった。西田さんみたいな気の強い女子は格好いい男子には弱い。吉沢君達のグループの歌にご機嫌に手拍子している。

「っていうか、考えてみたら明日交流会じゃん。ちょっとやばくない? みんなちょい、まじで歌おうぜ。中原、もう一回テープ初めから流して」

「あ、うん」

私は伴奏をもう一度流した。

誰か声を出す人間がいれば、合唱は成功する。どこかでやらなきゃと思っていた子達は、吉沢君の働きかけでようやく声を出すことができた。みんな毎日伴奏を聞いていたのだ。すんなりと「ふるさと」は歌い上がった。

「格好いい。やっぱ、吉沢君って超いかしてるんだよ」

「お前なあ。普通そういう話を俺にする?」

一時間目の休み時間、私はすぐに大浦君に報告に行った。

「そっか。でもでも、話したくなっちゃうんだもん。えへへ」

「えへへ。って気持ち悪いぜ」

「うん。ごめん」

私はすっかりご機嫌になっていた。十五分の歌練習の時間は私にとってあまりにも大きなものだったのだ。

「まあいいや。中原にはそういうとこ、足りなかったんだろうし」

「そういうとこ？」

「他の女子みたいにさ、今日の吉沢君かっこいい。とか、三宅君の髪型決まってるよねえとか、数学の清水ってきもい！　とか。そういう会話を飽きずに毎日繰り返すポップなところがあれば、こんなにクラスから浮かなかったんじゃないかな」

「そうなのかなあ」

「まあいいじゃん。俺に一途だから仕方ないよな」

「そうだね。うん。そうだよ」

私は素直に認めた。大浦君に感謝している。

三組の合唱がうまくいったのは、吉沢君や私の力じゃない。きっと大浦君がいたからだ。

交流会当日。私達の「ふるさと」は今朝の直前練習を入れてたった二日間の即席練習だったにもかかわらず、うまくいった。高校生だって、おじいさんおばあさんを前にするとちゃんとする。ＴＰＯをわきまえているのだ。

お年寄りの人々は、つたない私達の歌をいつまでも拍手をして喜んでくれた。涙ぐんでいるおばあさんまでいて、私達は少し面食らった。こんな歌をそんなにも喜べることは、幸せなことなのか寂しいことなのかよくわからない。

私は何より、無事終わったことにほっとした。もう明日からみんなの前に立たなくてすむと思うと、嬉しかった。高校生の十五分は大人にとっては一瞬かもしれない。だけど、その一分はあまりにもリアルでハードだ。

交流会を終え、老人ホームを出ようとした時、「どうもありがとう」と一人のおばあさんが私の手を取った。しわしわの乾燥した手。車いすに座ったおばあさんは、しわだらけの顔でまぶしそうな目を私にむけていた。

「いえ、そんな」

「とても……いい歌……でした。すごくいい歌……でした」

おばあさんは言葉が明確じゃなく、それだけを話すのにとても時間がかかった。だけど、途切れ途切れになりながら伝わった言葉に、私は胸が熱くなった。この何日かが、この言葉で報われたと思った。

おばあさんは、ただ目の前にいたから私の手を取っただけだ。他にも丁重にお礼を言われている生徒が何人もいる。だけど、私は本当におばあさんの言葉を、ありがたいと思った。

学級委員じゃなかったら、きっと私だってまともに練習しなかった。周りに合わせて適当にやっていたに違いない。たまたま学級委員だったから、こんな些細《ささい》なことを深刻にやってのけただけだ。

もう二度と学級委員にはなりたくない。そう思う。絶対にこんな日々を繰り返したくない。強く思う。それなのに、おばあさんが深々と頭を下げるのが、こんなにも心に入ってくるのは、あの日々が私にあったからだ。

「聞いてくださって、ありがとうございました」

私はおばあさんの手を握り返した。

10

直ちゃんは小林ヨシコと繋《つな》がらない生活に、ちっとも慣れる兆《きざ》しはなかった。髭も髪もぼさぼさで、洋服もいい加減。いつもとてもむさ苦しい。ギターも弾かず、歌も歌わない。自分はほとんど口にしない出来損ないの料理を作る。そんなだらだらした日々を過ごしていた。

いくら連絡を絶っても、小林ヨシコはまるで反応がない。もうだめなのだ。もう小林ヨシコのことはあきらめるしかない。結局、小林ヨシコを不安にさせるほど、直ちゃんの存在は大きくなかったのだ。

だけど、これでこのまま終りにしてしまうのは、いくらなんでも悲しすぎる。変な作戦を提案してしまった責任も、少しだけ感じる。だから、最後にちょっとだけ手を貸してあげることにした。無理を承知で試してみることにした。

私はこっそりと直ちゃんのくたびれた姿を写真に撮った。髭も髪もぼさぼさの汚らしい直ちゃん。その写真に「兄の近況です」とひと言添えて封筒に入れると、小林ヨシコに送付した。ずるくたって、みっともなくたっていいと思う。役割だなんだってつまらない。方法はなんでもいい。目的を果たせればいいんだ。

これでだめなら、本当にだめだ。もう、小林ヨシコのことは忘れるしかない。


「ちぇ、もう差しにくくて仕方ない」

梅雨真っ盛りの激しい雨の降る夕方、大浦君と駅までの道を急いだ。

この梅雨、大浦君は二人で入れるようにと、どでかい傘を買った。けれど、それはどう見ても、海水浴で使うようなパラソルで、とてもじゃないけど私は恥ずかしくて入れなかった。

「もう、だから普通の傘を持ってくればいいのに」

「これだって、大きいだけで普通の傘じゃん」

「どこに、そんな雨傘があるのよ」

大浦君のパラソルはどぎつい七色でできていて、柄《え》も大きく長く、大浦君はふらふらしながら差している。

「うわあ」

風にあおられパラソルが大きく揺れ、大浦君はまたこけそうになった。

「もう仕方ないなあ。私の傘に入れてあげるから、それしまいなよ」

大浦君は私にえらそうに言われて、肩をすくめながら傘を片付けた。

「ほら。そんな傘ちっとも役に立たないんだって」

「でも、なんだか、狙った以上だなあ」

大浦君は私の傘に潜りこみながら言った。

「何が？」

「一緒に入れたらいいなあって思って、でかい傘買ったら、逆に、こんな小さな傘に一緒に入れちゃうんだもんなあ」

「本当、大浦君って、幸せな人だねえ」

「そうなんだよなあ。俺って、なんかいつもついてるんだよな」

大きなパラソルを無駄に購入した大浦君は、嬉しそうに言った。


家に帰ると、机の上にシュークリームが乗っていた。

「これ、どうしたの？」

「ヨシコさんが家に来たんだ」

「うそ」

「本当」

「で、どうなったの？」

「さあね」

直ちゃんは、どれだけ聞いても、何も教えてくれなかった。だから、ことの顚末《てんまつ》はわからない。でも、小林ヨシコのお土産はサラダ油でも洗剤の詰め合わせでもなく、私と直ちゃんが大好きなシュークリームだった。

「ところでさ、私達の家族を復活させるって計画はどうなったの？」

私達は夕飯の用意もしないで、のんきに紅茶を飲みながら、シュークリームをほおばった。

「そんな話もあったなあ」

「何よそれ。刑務所の話や職場の話まで出してきて、一人で熱く語ってたじゃない」

「そうだったっけ」

「そうよ。お兄ちゃん」

「何だよ、気持ち悪いなあ。そういう不似合いな呼び方するのやめてくれる？」

「直ちゃんがそう呼べって、しつこく迫ったくせに」

「へえ。そうなんだ」

直ちゃんの身勝手な態度に、私は吹きだしてしまった。

元通りの直ちゃんだ。だけど、また眠ってしまったわけじゃない。ようやく目覚めた頭に直ちゃん自身が追いついたんだ。

「それより、このシュークリームって、かなりおいしいな」

直ちゃんは三個目のシュークリームを食べながら言った。

「確かにね」

「パリパリの皮のやつ多いけど、俺はこうやって、クリームと一緒になってしっとりしちゃうシュークリームの方が好き。どこで買ったのかなあ。この辺のケーキ屋のじゃないよな」

小林ヨシコがくれたシュークリームは乱暴に紙袋に詰め込まれていた。だから、形が悪く、つぶれてクリームがはみ出ているのもある。

「あれ、何か入ってるよ」

私が食べたシュークリームの中に、堅い物が入っていた。舌でたぐり寄せて口から出してみると、それは卵の殻だった。

「これってさ」

「ヨシコさんらしいね」

私達は、夜がどんどん近付くのも構わず、不格好なシュークリームを二人で飽きるまで食べつづけた。

プレゼントの効用

1

十一月二十四日。さっさと秋は終わり、完全に冬が始まっていた。風はすっかり冷たくなって、空も木々もしんみりしている。そんな駅までの帰り道、大浦君が宣言した。

「俺、明日からめちゃくちゃ働くから」

「へ？」

「だから、明日から働きまくるんだって」

「何それ」

いつものことだけど、大浦君の宣言は何の脈絡もなく唐突に始まる。

「何それって、アルバイトを始めるんだ」

「どうして？」

「どうしてって、後一ヵ月でクリスマスだろう？」

「それはそうだけど……」

私たちの住む小さな町にも、クリスマスの兆しは十分にあった。駅前の小さなスーパーでもクリスマスセールが開催されていたし、ケーキ屋でもクリスマスケーキの予約販売を行っていた。

「来年はもう受験だし、今しかバイトなんてできないだろう？　俺たち大学はきっとばらばらになるしさ。だから、今年のクリスマスは中原にすごいプレゼントをするんだ」

「どうして？」

「どうしてどうしてって、お前って小学生みたいだなあ」

私よりうんと精神年齢の低い大浦君に言われて、私は少しむっとした。

「だって、大浦君の言うこと、わけがわかんないことだらけなんだもん」

「わけがわからない？」

「そう。意味不明」

疑問点はたくさんあった。

大浦君の家はそこそこお金持ちなのに、なぜわざわざアルバイトをするのか。クリスマスはこの先何回もやってくるのに、どうして今年のクリスマスに限ってすごいプレゼントをするのか。だいたいすごいプレゼントって何なのか。だけど、何よりもひっかかったのは、大学がばらばらになるということだ。

「だって、お前のほうが頭いいだろう？」

「は？」

「俺、実は気づいてるんだ」

「気づいてるって、何を？」

「俺たちの頭の違い。この先もっとお前と俺の学力は開いていくぜ。高校は何とか一緒のところに入れたけど、大学はそうはいかない」

「そんなことないよ。いつもテストの点だって、似たようなものじゃない」

「今はあんまり変わらないけど、三年になって、本気で受験勉強し始めたら二人の違いは明確になるさ。今でも俺いっぱいいっぱいだしな。お前はいいとこの大学行けばいいけど、俺はそこそこだろうなあ」

「私だってそこそこだよ」

確かに私は、大浦君よりは賢い。だけど、たいしたことはない。西高の中では、ちょうど真ん中くらいの成績だ。

「ま、先のことはわかんないけど、違いはあるってこと」

「なんか悲観的な話だね」

私はため息をついた。まだ五時を過ぎたばかりなのに、あたりは薄暗くて、息がうっすら白く浮かぶ。

「別に悲観的じゃないさ。一緒の大学じゃなくたって、全然ＯＫだろ」

「まあいいけど。でも、どうしてバイトなんてするの？」

「すげープレゼント買うためだ」

「バイトしなくたって、大浦君お金持ちじゃない」

大浦君と私は二年近く一緒にいる。当然、今までにも誕生日や記念日はあったが、大浦君はいつもそれらをお小遣いでまかなってきた。

「だけど、中原って、親からもらった小遣いで買った物より、バイトして自力で買った物のほうがすごいって思うタイプだろ？」

「そうかなあ」

「そう。そうなんだって」

「で、何するの？」

「新聞配達」

大浦君はきっぱりと言った。もう決めているようだ。

「意外だねえ。大浦君、接客とかの方が向いてそうなのに。八百屋さんとか、居酒屋さんとかさ」

「確かにそれはそうだけど。でも、中原、新聞配達とか好きじゃん」

「そうなの？」

私は眉をしかめた。新聞配達が好きだとは、自分でも初耳だ。

「初めはマクドナルドとかも考えたんだけど、ああいうポップなのって、お前の好みじゃないだろ？　朝早くからしっかり身体を動かしてお金をもらう。そういうわかりやすいのが中原は好きだからさ」

大浦君の勝手な私の解釈にはいつも参る。いちいち反論するのも面倒なので、私は「そうだね」ってうなずいておいた。

「あ、でも新聞配達だったら、大浦君、電動自転車持ってるからちょうどいいね」

中学生の時、自転車で塾に通っていた私をまねて、大浦君は自転車を購入した。それまで車で送り迎えをしてもらっていた大浦君は、自転車で通うことで男らしさをアピールしたかったらしい。だけど、大浦君が選んだ自転車は電動で、なんだか余計に軟弱に見えて、私を笑わせた。高校生になって、大浦君はうんと大きくなった。自転車になんて乗らなくたって、今は十分たくましい。

「そんなの使わないよ」

「どうして？　せっかく持ってるんだから、活用しないともったいないじゃん」

「だめ。俺、自分の足だけで必死で自転車こいで、配達するんだ」

「ふうん」

「もう汗水たらして働きまくるからな」

アルバイト一つにもこだわりがあるらしい。大浦君は相当やる気らしく意気揚々としていた。

「まあ、がんばって」

「がんばるさ。で、一ヵ月間、いっぱい働いて、すごいプレゼントを買った暁には……」

「暁には何よ」

私は大浦君の顔を見上げた。大浦君は高校に入ってすごい勢いで身長が伸びたけど、私はまったく成長していない。だから、二人の身長差は学力差より明確で、三十センチ近くある。

「何ってほどのことでもないんだけどさ」

大浦君が照れくさそうに笑った。率直な大浦君が言葉に詰まる時は、ろくなことがない。よからぬことを考えている証拠だ。

「いやよ」

「どうして?」

「絶対にいや」

大浦君の私の解釈の中にはないようだけど、私は交換条件は大嫌いだ。

「そんな中原が嫌がるようなことじゃないって。たぶん」

「じゃあ何なの?」

「何ってさ。まあ、それはプレゼントを無事購入してから言うわ」

大浦君は一人で赤くなってそう言った。

「ふうん。変なの」

「それと、この際お前さ、俺のこと大浦君って呼ぶのやめろよ」

「どうしてよ」

「どうしてって、変だからさ。下の名前も格好悪いから嫌なんだけど、大浦君じゃなくてなんかさ、他の方法考えてよ」

「えー」

それは結構面倒くさい。慣れてしまった呼び名を変えるのはわずらわしいし、大浦君の下の名前は「勉学」で、本人が言うように格好悪い。

「とにかく、大浦君はまずいから、クリスマスまでにちょっと考えといて」

「難しいよ」

「何だっていいからさ。な」

「わかったわかった」

大浦君が必死に頼むので、私は渋々了承した。


大浦君の新しい呼び名を考えながら家に帰ると、直ちゃんが縁側に座って鶏を見つめていた。今我が家には、直ちゃんの仕事先から連れてきた鶏が三羽いる。

「何してるの？」

声をかけても気がつかず、直ちゃんは真剣に鶏を見ていた。

「ねえ、直ちゃん！」

「ああ、妹よ。帰ってたのか」

私に大声で呼ばれ、直ちゃんはようやく鶏から目を離した。

「いったいどうしたの？　鶏を前に真剣な顔して奇妙だよ」

クリスマス一ヵ月前になると、男はみんな変なことを始めるのだろうか。私は直ちゃんの横に腰掛けた。

「そんな真剣な顔をしてたのか。自分では気づかなかったな」

「うん。近年まれに見るひたむきな目をしてた」

「そっか。困難かつ失敗の許されない作業をしてたからな」

直ちゃんはそう言って笑った。

「失敗の許されない作業って？」

「鶏の選別をしてたんだ」

「選別？」

「そう。ガブリエルと末子とチッチ、どれがいいかなあって」

まったく関連性のないこの名前は、三羽の鶏たちのものだ。三羽ともボバンス・ゴールドラインという品種で、全体的に香ばしい茶色をしていて、愛嬌があってかわいらしい。よく運動をして、毎朝濃厚な卵を産んでくれる。

「どれがいいってどういうこと？」

「クリスマスプレゼントにさ」

「はあ？」

「だから、ヨシコさんにプレゼントする鶏、どれにしようかって考えてるの」

「まさか、鶏をクリスマスプレゼントにするつもり？」

「そうだよ」

直ちゃんはけろりと言った。

「そんなの絶対気持ち悪がられるよ」

「どうして気持ち悪がられないといけないんだ」

直ちゃんは本気でわからないらしく不服そうな顔をした。

「どうしてってさ……」

恋人に、ましてやクリスマスプレゼントに鶏なんて贈られたら、普通女の子は引くだろう。びっくりするし対処に困る。

それに、小林ヨシコは動物を愛するような素朴な女性ではない。貴金属や香水が大好きな派手な女だ。鶏なんてプレゼントしたら卒倒するに違いない。

「そりゃ、クリスマスだから初めは七面鳥にしようと思ったんだけど、七面鳥の顔って人によって好き嫌いがあるだろう？」

「そんなこと知らないけど」

「鶏のほうが愛嬌があるし、味も日本人向けだしさ」

「味って、まさか食べる気？」

「もちろん。食べなきゃ意味ないよ。クリスマスまで丸々太らせて、ヨシコさんと一緒にローストチキンにして食べるんだ」

「それって、相当怖いよ」

「なんで。佐和子だって、去年、一緒にクリスティーヌ食べたじゃん」

確かに昨年のクリスマス、我が家で飼っていた鶏を絞めて、みんなで食べた。育てたものを食べることはありがたいことだと、私も思った。でも、それは家族だからできることだ。恋人間ではそんなこと絶対通用しない。クリスマスプレゼントが鶏だったらショックだし、それを彼氏が目の前で絞めだしたりなんかしたらきっと耐えられない。

「よし、ガブリエルだな」

あっけにとられている私の横で、直ちゃんは一番とさかの赤い鶏を選び出した。

2

大浦君は早速翌日から新聞配達を開始した。大浦君の熱い希望で、私の住む地域が担当区域になったらしい。大浦君と私の家は結構離れていて、車でだって二十分近くかかる。昨日その話を聞いた私は、能率の悪いことをするんだねと言ったけど、今日はいつもより早起きをして、二階の窓からじっと家の前の通りを見ていた。

五時過ぎの外はやっぱりまだ暗い。だけど、空はほんのり白く、もうすぐ夜が明けることがわかる。

しばらくぼんやり眺めていると、ゆれながら走ってくる自転車が見えた。大浦君だ。宣言どおり電動自転車じゃなく、新聞屋さんのものであろう大きい黒い自転車に乗っている。初日だからか、おじさんと一緒だ。

大浦君は配達先の家の前に止まり表札を確かめると、片足で自転車を支えながら新聞を郵便受けに入れた。たったそれだけなのに、私はなぜかどきどきした。白っぽい朝のせいかいつも会ってる大浦君がすごく新鮮に見える。

大浦君は私の家の前でも自転車を止めた。かごから新聞を抜き出し、郵便受けに突っ込む。私は息をひそめて、じっと大浦君の動きを見守った。ただ、新聞を配達しているだけだ。なのに、大浦君が野球部の試合でバッターボックスに立った時みたいに、見ているだけで緊張した。窓を開けて声をかけようと思ったけど、なんだかできなくてただじっと二階の窓から見ていた。山ほど新聞が詰まったかごが揺れて、自転車はふらふらだった。だけど、大浦君は豪快にこいで、朝もやの中を進んでいった。

私は早く下へ行きたいのを我慢して、いつも起きる時間が近づくまでじっとベッドの中で過ごした。あんまり早起きするとわざとらしいし、直ちゃんにきっとひやかされる。

六時二十分。それでもいつもより二十分も早く、私は下へと急いだ。

「あれ、おはよう。どうしたの?」

階段を駆け下りる私に直ちゃんが言った。だけど、答えずに玄関に進む。

玄関を開けると、冷たい空気に身体がピンとなった。気持ちいいまっさらな冬の朝だ。私は郵便受けから新聞を取り出した。外の空気が冷たいせいで新聞紙がほんのり暖かく感じる。大浦君が配達した新聞。私は大切に手にとって、匂いをかいでみた。もちろん、紙とインクの匂いしかしない。だけど、嬉しかった。

農業は朝が早いから私の家は直ちゃんが一番に起きる。だけど、直ちゃんが新聞を読むのは夕方だ。だから、私の対戦相手は父さんだ。父さんは予備校で遅くまで働いているから、朝は遅い。でも、時々早く目を覚まして、早朝から新聞を読みふけったりする。

「なんなの？」

新聞を抱きかかえて戻ると、直ちゃんが怪訝な顔をした。

「別に」

「ビッグニュースでもあった？」

「そうじゃないけど」

私は適当に答えながら、新聞を広げた。ただの新聞紙だけど、丁寧に扱う。大浦君は配達をしているだけで、新聞を作っているわけではない。なのに、新聞の隅から隅まで目を通さずにいられなかった。

「変なやつ」

直ちゃんの言葉も無視して、私は一枚一枚ゆっくりと新聞に目を通した。

3

十二月の頭に期末試験が終わり、後は修了式だけで学校は休みになる。登校日やクラブがあるけど、クリスマスまで自由な時間がたっぷりある。

大浦君へのプレゼントのために私もバイトしようかと考えたけど、同じことをするのもつまらない。いろいろ考えた挙句、私はマフラーを編むことにした。

テスト明け一日目、編み物を教えてもらうために、母さんのアパートへと向かった。

「あら、気味悪いわね」

編み物を教えてくれと言ったら、母さんはぎょっとした顔をした。

「どうして？」

「そんな非合理的なことをするのってあんまり佐和子っぽくないなあって」

「そうかなあ」

「そうなのよ」

「ふうん」

別に私は合理主義ではないと思うけど、いろんな人が、私のイメージを持っているんだなあと感心した。

「まあいいわ。離れているうちに佐和子も成長したのね。せっかくだから教えてあげる。と言っても、母さんだって編み物なんてしたことないのよね」

「そうなの？」

「そうよ。こう見えても、母さんは裁縫は大の苦手なのよね」

私たちは結局二人で、商店街へ毛糸と編み物の本を買いに行くことにした。本を見ながらがんばれば、マフラーぐらいなんとかなるだろう。

二人でコートを着て駅前へと向かう。並んでポケットに手を突っ込みながら、寒い道を歩く。私はそれがすごく懐かしく感じた。

私が子どもの頃、母さんと私は本当に頻繁に二人で買い物に出かけた。駅前の商店街はそんなに大きくはないけれど、洋品店もケーキ屋さんもなんでもある。私も母さんも商店街が大好きだった。直ちゃんも父さんも、とにかく男たちは買い物が面倒らしく、それぐらいなら今度まとめて買えばいいのにと、言うけれど、私と母さんはちょっとお菓子を買いに、消しゴムを買いにと、せっせと出かけた。それは女だけの楽しみのようで、私は二人で出かけるたびに得意になった。

「一緒に歩くのってすごく久しぶりだね」

「そうね」

「離れて暮らしちゃうと、一緒に買い物なんてしなくなるんだね」

母さんがアパートで暮らしはじめてからも、私たちは頻繁に会っていた。だけど、お互いの家を行き来するだけで、どこかへ出かけるなんてことはまずなかった。

「一緒に暮らしてたって、買い物なんてしないわよ」

母さんが言った。

「そうなの？」

「そりゃそうよ。佐和子、もう高校生なんでしょう。親子で買い物なんてそんなにしないって」

「そんなものかなあ」

「そんなものよ。郷愁にふけっちゃって、佐和子も年取ったのね」

母さんはそう言って笑った。

手芸店に入った私は、毛糸の値段を見てびっくりした。安いものもあるけど、いいなって思うような毛糸は一玉千円近くする。それに、マフラーを編むのには三玉か四玉いるという。これじゃ、絶対マフラーそのものを買ったほうが早いし安上がりだ。

「ね、不合理でしょう」

母さんは私に耳打ちした。

「本当だねえ」

「ま、でもクリスマスだもんね。こういうのもいいか」

「うん。クリスマスだもんね」

手芸店に入ることがめったにない私はきょろきょろと辺りを見回した。小さい店内には、毛糸だけじゃなく、布やボタンや糸がぎっしりと並べられている。これから何かになるそれらはどれもかわいらしくカラフルで、見ているとうきうきした。

「ああ、迷っちゃうなあ」

毛糸はどれもこれも温かそうで、マフラーになった様子を思い浮かべるとどれもよく思えた。

「大浦君は何色が好きなの？」

「確か、白だと思う」

「でも、白って、何回も失敗したりして編んでる間に汚れが日立つわよ」

「じゃあ、だめだなあ」

私たちはあれやこれやコメントを述べながら、毛糸を手にしては眺めた。手芸店は居心地がよくいつまでもそうやって居座ってしまいそうだった。

迷った挙句、私は一玉八百円もする毛糸を購入した。濃い深い紺色。大浦君にとても似合いそうだ。これは絶対上手に編まなくてはいけない。


次の日から私は、自分の時間のほとんどを編み物に費やした。最初こそ戸惑ったけど、模様のないシンプルなデザインにすることにしたせいか、マフラーは意外に単純だった。ゆったり音楽なんか聴きながら、するすると編める。少しずつ目を増やして、毛糸がマフラーに近づいていく。それはちょっとした快感だった。

「なんだ、また編んでるのか」

三時になった頃、父さんがリビングへ降りてきた。

「うーん。後二週間だしね」

「あんまり根をつめると肩こるぞ」

父さんは眠そうに目をこすりながら、台所へ向かった。コーヒーを入れるのだ。

父さんの大学受験は、勉強の甲斐なく、三年連続失敗している。今度は絶対に受かりたいらしく、例年以上に勉強に熱が入っていた。夜、予備校でアルバイトをしている父さんは、昼前に起きて、バイトの時間まで受験勉強をする。眠る時間が減ったせいか、父さんはコーヒーを大量に飲むようになった。

父さんはコーヒーだけじゃなく、プリンを冷蔵庫からとってきた。一人で何かを食べたり飲んだりすることに慣れていない父さんは、自分が飲むときには必ず私の分のコーヒーも用意してくれる。

「父さんって、甘いもの苦手だったのにねえ」

私は父さんが出してくれたプッチンプリンを開けながら言った。プッチンプリンは甘ったるくて私は嫌いだけど、父さんはプリンを買うとなるとこれを買う。いかにもプリンという風体で、スーパーに並んでいると、むしょうに食べたくなるらしい。

「勉強してると、甘いものがほしくなるんだよなあ。ほんの少しでいいんだけど、やっぱり甘いものを食べると救われる気がする」

父さんは大げさなことを言いながら、おいしそうにプリンを口に入れた。

「勉強が佳境に入ってる証拠だね」

「ああ、来年受からないとちょっとまずいからな」

「そうなの？」

「そうなのって、再来年まで持ち越したら、佐和子の大学受験と重なるじゃないか」

「そっか。そりゃすごいよね。親子でライバルになるんだ。私、父さんと同じ大学志望しようかなあ」

私がけらけら笑うと、

「いや、絶対今年決めるよ。じゃないと来年度の我が家のコーヒー摂取量が半端じゃなくなっちゃうからな」

と父さんが言った。

父さんとどうでもいい話をしながら、牛乳がたっぷり入ったコーヒーを飲む。追われるものは何もなく、毎日が自分の好きなように使える。一年の終わりに向けて時間はとてもゆったりと流れていた。


登校日で学校に行き、昼前に帰ってくると、派手な格好をした女が家の前に立っていた。小林ヨシコだ。

「何してるんですか？」

家をじっくりと眺めていたヨシコに声をかけると、ヨシコはびくりとして振り向いた。なんとも怪しい女だ。

「何してるって、あんたん家《ち》を研究してるのよ」

「研究？」

「そう。もう、外観はわかったから中に入れて」

「へ？」

「次は中原君の部屋を探索するから」

ヨシコの言うことは、いつもわけがわからない。

「でも、まだ直ちゃん、仕事から戻ってないけど」

「それでいいの。わざわざいない時間を狙ってきたんだから」

ヨシコは誰も入っていいといっていないのに私に付いて家に入ってくると、勝手にスリッパを出してあがりこんだ。

「いったい、何しに来たんですか？」

不思議がる私をよそに、ヨシコは直ちゃんの部屋へ黙々と進んでいった。直ちゃんは隠し事はないし、部屋ぐらい見られたって困らないはずだけど、わざわざいないときに来て、部屋をチェックするなんて気持ち悪い。私はヨシコの後を追って、直ちゃんの部屋に入った。

ヨシコは部屋に入ると、本当に探索を始めた。丁寧に辺りを見回し、布団をめくり、本棚をチェックする。ＣＤラックを観察し、ギターをまじまじと眺める。

「ねえ、これって、何なんですか？」

「何にすればいいのかなあって思って」

「何にすればって？」

「クリスマスプレゼントよ」

ヨシコは当然だという顔で言った。クリスマスまで後一週間、プレゼントを用意するというのはわかるけど、それと中原家の観察とどう関係があるのだろう。

「部屋を見ればだいたいわかるでしょう」

「何がですか？」

「何がって、中原君に何が必要かよ」

「なるほど……」

「必要じゃないものあげても、ありがた迷惑だから。使われてこそ、プレゼントの意味があるのよね」

小林ヨシコはそう言うと、タンスや机の引き出しまで覗きはじめた。机の中には直ちゃんの昔の彼女からの手紙や写真なんかが入っていて、私は少しどきどきしたけど、ヨシコはそういうものにはまったく興味がないらしく、プレゼント好適品を探すべく、どんどん部屋を探った。

「これしかないのか」

ヨシコは直ちゃんの机の一番上の引き出しから、写真を引っ張り出した。直ちゃんとヨシコのツーショットの写真だ。

「ねえ、この写真ってどう思う？」

ヨシコは写真を私にも見せた。

「どうって？」

「すてき？　変？」

「ちょっといまいちだとは思うけど」

私は正直に答えた。写真は二人が付き合い始めた頃のもので、直ちゃんはともかくヨシコはとても渋い顔をしている。

「この部屋って私の写真がこれしかないのね」

「みたいですね」

「決めたわ」

「決めたって?」

「自画像を描く」

「自画像?」

「会えないときに、中原君がこの写真の私の顔を見てると思うと、ぞっとするもの。本当はもっとかわいいのに」

ヨシコはプレゼントが決まると、もう我が家には用がないようで、とっとと帰っていった。

鶏と自画像か。どっちも絶対いらないなあ。私はそうつぶやきながら、ヨシコが荒らしていった直ちゃんの部屋を片付けた。

4

十二月二十四日に向けて、いろんなことがどんどん高まっていた。全てが気持ち悪いくらいうまくいっている。

マフラーは着々と仕上がっていき、大浦君は毎日手際よく新聞を配達している。私は毎朝そっと大浦君の姿を眺め、三時に父さんとコーヒーを飲んだ。丁寧に新聞を読むようになったおかげで、ちょっと世の中を知っているようになったし、父さんと甘いものを食べるせいで少しぽっちゃりとした。

私と大浦君だけじゃない。ガブリエルはおいしそうに太っていったし、ヨシコのかなり美化されるであろう自画像もきっと出来上がりつつあるはずだ。

全てが二十四日に向けて順風満帆に進んでいて、それがなんだか不自然で、私は妙な心地がした。

「こんなに着々と幸せに近づいていくのって、ちょっと不思議な感じ」

クリスマス・イブの前日、私は父さんとコーヒーを飲みながら、なかなかすてきに仕上がったマフラーを何度も眺めていた。

「やっぱりイエス・キリストがいるんだろう。毎年、なんだかんだ言っても、クリスマス前後の世の中は平和だ。それより、父さんや直にはないのか？」

「ないのかって何が？」

「何がってマフラーに決まってるだろう。父さんたちには編んでくれないのか？」

父さんはマフラーなんて巻いたことがないくせにそう言った。

「まさか」

私は首を振った。編み物は楽しい。我ながらそこそこ上手だとも思う。マフラーが成功したから、来年は手袋、その次はセーターと、いろいろ編んでみたい。だけど、それは大浦君のためにだ。楽しくたって、こんな時間や労力がかかること、父さんや直ちゃんのためにはちょっとできない。

「けちくさいなあ」

父さんが渋い顔を作って、コーヒーを飲んだ。

「あ、でも、父さんたちには母さんが編んでくれてると思うよ。私と一緒に買い物に行ったとき、大量に毛糸買ってたもん」

「そうなのか？」

「そうだよ。明日が楽しみだね」

そうだ。明日が楽しみ。マフラーをあげたときの大浦君の顔、大浦君が必死で用意してくれたすごいプレゼント。想像するだけで、わくわくする。単純な大浦君は、きっと私が思った以上に喜んでくれるはずだ。

ガブリエルをもらうヨシコがどうなるか、ヨシコの自画像がどんなものなのか、母さんは何を編んだのか。早く知りたいことだらけだ。

「早く明日にならないかなあ」

私が思わずつぶやくと、父さんが笑った。

「子どもはいいなあ」

「どうして？」

「次の日が楽しみになるなんて、大人になるとそうそうないからな」

「そっか。でも、大丈夫。明日は父さんにとってもすごいすてきな日になるから。なにせクリスマス・イブだからね」

「なるほど。じゃあ、明日のためにもうひとがんばりするか」

父さんはコーヒーを一気に飲み干すと、勉強のため部屋へと帰っていった。

クリスマス・イブの朝、私はいつも以上に早く目が覚めた。大浦君と会うのは夕方だったけど、朝方からそわそわして、頭も目も冴えていた。

早速、カーテンを開く。まだ暗い朝は白いもやに包まれている。ほんの少し窓を開けると、きんきんに冷えた空気が入ってきた。今日は一段と寒い。道路もうっすら凍っていて、雪が降るのだろう、空はぼんやり重い。そんな中、いつもと同じように大浦君の自転車がやってきた。今日で最後の配達だ。

自転車を止めて、かごから新聞を取り出し郵便受けに入れる。もう一ヵ月配達をしているから、ずいぶん手馴れたものだ。寒さのせいで、動くたびに大浦君の息が白く広がる。

「大浦君」

私は窓を開けて、そっと呼んでみた。外はしんとしていて思ったより声が響いた。

「おお」

大浦君は私に気づくと顔を上げ、にっこり笑った。いつもの顔。大浦君は小さいことでも本当に嬉しそうに笑う。そういう顔を見てると、私は本当に大浦君のことが好きなんだってわかる。

「がんばってね」

私は窓から身を乗り出して、両方の手を大きく振った。

「おう！」

大浦君も大きく右手を掲げて私に応えると、いつもより勢いよく自転車をこぎだした。

そして、それが最後だった。

5

お葬式は大浦君の家に近い大きな斎場で行われた。参列者が多く、私たち生徒は外の広場でクラスごとに並び、延々とお焼香の順番を待った。空からは半分凍った冷たい雨が小さく落ちてきて、私は寒くて本当に身体の隅々まで凍ってしまいそうだった。

大浦君の死は一昨日、連絡網で知った。朝、新聞配達のときに車に轢かれた。即死だったらしい。そんな簡単な死亡理由と、葬儀の場所と日時しか知ることができなかった。

私はどうしていいのかさっぱりわからなかった。連絡網だから、次は野村さんに回せばいい。だけど、大浦君が死んだっていうのは、いったいどういうことなのか、だからどうすればいいのか理解ができなくて、野村さんに連絡網を回した後も、私はただずっと電話機の前で立っていた。

私はその日、大浦君と会うはずだった。大事に作ったマフラーをあげて、必死で働いた大浦君からプレゼントをもらう。そして楽しみだったクリスマスを過ごす。そのはずだった。なのに、その大浦君がいなくなったということは、どこへ行けばいいのか、どう過ごせばいいのか、何をすればいいのか、まったくわからなくなってしまった。

恐ろしく悲しいことが起きたということは、わかる。だけど、あまりに唐突で、あまりに大きくて、悲しいという感情は出てこなかった。その後、一日どう過ごしたのか、まるで覚えていない。今日になって、智恵やマキコが迎えに来て、なんとか制服に着替え、この会場へ来ただけだ。

雨が少し強くなり始めた頃、ようやく生徒の列が動きはじめた。一組から順番に進んでいく。私は四組だから最後のほうだ。

じっと待っていたせいで重くなった身体で列が動くのに従って会館の中へ進んでいくと、やっと大きな祭壇が見えた。真ん中に大浦君の写真が飾ってある。去年の夏に撮ったものだ。日に焼けてとても健やかに笑っている。いい顔だ。だけど、いい写真じゃない。黒いリボンで縁取られているおかげで、笑顔がとてもうそくさく見える。

黒く飾られた遺影、祭壇を飾るたくさんの花、じっとりと響くお経、たくさんの黒い人、声をあげて泣いている女の子。そうか。これはお葬式なんだ。大浦君は死んだんだ。もう大浦君はいないんだ。私は祭壇を目にして、初めてそれが本当のことだってわかったような気がした。

そして、それを実感したとたん、私の頭に一気に大浦君が溢れてきた。

一昨日の朝、新聞配達のとき大きく手を振っていた姿、クリスマスプレゼントを買うと宣言してた自慢げな顔、勝手に盛り上がって一人で照れる様子、すぐそばにいるのに張り上げるように私を呼ぶ大きな声。次々とリアルにとめどなく大浦君が頭に浮かび上がる。

私は軽く頭を振った。だめだ。そんなこと思い浮かべちゃだめだ。今、大浦君をよみがえらせちゃいけない。そんなことしたら、私はおかしくなってしまう。正気でいられなくなってしまう。とにかく早く済まそう。さっさとお焼香を済ませて、家に帰ろう。起きたことは帰ってから考えたらいい。とにかくここではだめだ。私はそう言い聞かせながら、何回も大きく息を吐いて、ただ足を進めることに集中した。

お焼香の順番が近づくと、大浦君が入っている茶色の木の箱が見えた。何人かの生徒がそこにプレゼントや手紙を入れている。そんなことをすればいいだなんて、私は思いもつかなかった。みんな大浦君にいろいろ話しかけている。泣きながら問いかけている子もいる。

自分のお焼香の番になると、お香の匂いのせいか、湿気がこもった会館の空気のせいか、私は頭がくらくらした。ゆっくり深呼吸してみたけど無駄だった。息も苦しいし、寒さで震えも止まらない。もう限界だった。考えないようにしようと思っても、止められない。大浦君の姿は堰《せき》を切ったように、頭の中にあふれ出す。もうだめだ。今、棺おけの中なんて見たら、もう帰らない大浦君の姿なんて見たら、私は一気に壊れてしまう。早く帰らないと。とにかく家に帰らないと。

私は、焼香の前には立ち止まらず、そのまま横に逸れて進んだ。誰かが呼び止める声が聞こえたけど、足を止めなかった。身体が震えていたし、足元もふらついてちっともうまく歩けない。だけど、何も聞かず何も見ず必死で進んだ。とにかく家に帰ることだけを考えた。それなのに、気配がした。私を引き止める大浦君の気配。大浦君の匂いが、大浦君の声が、確かにした。

もしかして、私を呼んでいるの？　何か言いたいことがあるの？　私は大浦君の入った箱を振り返ってみた。大浦君の顔が少しだけ見えた。飛んでいって触りたくなる私のよく知っている顔。だけど、全然違う。血の気が引いてもうこの世にはいない大浦君の顔だ。

そのとたん、私はひざの下から力が抜けて、立っていられなくなった。頭の奥までずしっと重くなって、涙が押し寄せるように出てきた。景色もみんなの声もどんどん遠くに消えていって、目の前が見えなくなった。

どうしてこんなことになってしまったのだろう。何も悪いことしていないのに、どうしてこんなひどいことが起きるのだろう。本当に本当に、もうどうしようもないのだろうか。大浦君はまだいっぱい生きられるはずなのに。

「いやだ。いやだ」私は泣きながらそう叫んでいた。止めようとしても、涙も声も止まらなかった。胸が痛くなるほど鼓動が鳴って、息が苦しくて、手足が震えた。身体は何一つ思うように動かなくて、涙も声もどんどん激しく突き上げてきた。もう自分では何もできなかった。歩くことも、泣くことを止めることもできなかった。私は智恵やマキコに抱えられ、引きずられるようにして会場を後にした。

気が付くと、昼前だった。私は制服のままベッドの上にいた。昨日お葬式から帰った後、そのまま部屋にこもって、泣き疲れて眠ってしまったのだ。

とりあえず、お風呂に入って、着替えて、歯を磨かないといけない。そう考えてはみたけど、身体は動こうとしなかった。お腹がすいているのか、疲れているのか、頭も身体もだるかった。

とにかく起きなくちゃ。私は布団から降りると、カーテンを開けた。家の前の通りにはうっすらと雪が積もっていて、太陽の光できらきらしていた。そうだ。この道を大浦君は自転車で走ってたんだ。そう考えただけで、また面白いくらい簡単に涙がするする出てきた。

こんなにどうしようもないことがどうして起きるのだろう。どう努力したって、どんなにがんばったって、大浦君は帰ってこない。すごく必要なのに、取り戻す術《すべ》がない。今までだって、困難なことはたくさんあった。だけど、いくつか乗り越える手段があったはずだ。どう手を尽くしても仕方がないことが確定している、そんな大問題を前にするのは初めてのような気がした。

いったい、これから私はどうしたらいいのだろうか。まるで見当がつかない。よりによって大浦君が死んでしまうなんて……。友達や家族が死んでもすごく悲しい。でも、大浦君がいれば耐えられる。時間はかかるかもしれないけど、大浦君がそばにいてくれたら、乗り越えられる。どんな悲惨なことだって、大浦君がいればなんとかできる。だけど、その大浦君がいないのだ。

「入るよ」

うだうだ考えてると、ノックが聞こえて直ちゃんが入ってきた。オムライスと牛乳が載ったお盆を持っている。

「昨日から何も食べてないからさ」

何も言っていないのに、直ちゃんは言い訳するように言った。

「別に病気じゃないよ」

そう言った私の声は、自分でもびっくりするぐらい生気がなかった。

「知ってるよ。でも、くたくたじゃん」

「大丈夫」

「お風呂にだって入ってないし、着替えもしないと。ほら、制服、しわしわになってる。クリーニングに出しておかないと、新学期困るよ」

「そうだね」

「まあ、何よりまずは食べないとな。一年くらいクリーニングしなくたって、支障はないけど、二日食事しないのはやばい」

「うん。わかってる」

「だったら、少しオムライス食べなよ。結構おいしいから」

直ちゃんがお盆を私のほうへ差し出した。お腹はすいているはずなのに、ケチャップの甘酸っぱい匂いに気分が悪くなって、私は思わず顔を背《そむ》けてしまった。

「大丈夫。……お腹すいたら自分で下へ行くから」

「ほんとに？」

「うん。本当」

「それは信頼できる筋の情報？」

直ちゃんがふざけて言うのに、私はにこりともできずにただうなずいた。

「……じゃあ、行くけどさ」

「うん。ありがとう」

「じゃあ後で」

直ちゃんが出て行くと、私は着替えるのをやめて、また布団にもぐりこんだ。なんだか少し話をしただけなのに、どっと疲れてしまった。


翌日もまた朝がやってきた。本当に不思議だ。どんなにショッキングなことがあっても、日常はきちんと進んでいく。父さんが自殺を失敗したときも、母さんが家を出たときも、朝は普通にやってきた。

二日間、ほとんど何も食べてない。私はさすがにお腹が空っぽで、みんなに心配されるのも面倒だったから、ちゃんと着替えて食卓へ向かった。食卓にはまだ朝が早いのに、父さんもいた。

「お、おはよう。あれ、なんだか久しぶりだね」

直ちゃんが言うのに、私はとりあえず笑って見せた。

「おはよう」

父さんは遠慮がちに言った。

朝ごはんは半熟卵と、ほうれん草とベーコンのサラダで、私はどっちも大好きだったけど、少し口にするだけで胃が気持ち悪くなった。

「そうそう、うちの職場にさ、元美容師の人が働くことになったんだよね。それで、みんな休憩時間とかに散髪してもらってんの。今までむさ苦しい頭のやつが多かったけど、最近みんなこざっぱりしちゃってさ。笑えるよ」

「へえ。そりゃいいなあ。父さんも散髪してもらいたいな」

「いいんじゃない。結構上手だよ。そうだ、佐和子も職場見学に来て、ついでにカットしてもらうってどう？」

「そう言えば、宮崎さんのところの犬、子ども産んだらしいな」

「みたいだね。貰い手を捜してるらしいよ」

「うちも飼おうか。な、佐和子」

「だめだって、うちには鶏がいるから。鶏って神経質だからさ、他の動物が来たらセンチメンタルになる」

父さんも直ちゃんも、食卓が静まるのを防ぐかのように、とめどなくどうでもいい話をした。

大浦君が死んだのは父さんや直ちゃんのせいじゃない。なのに、こんな風に塞《ふさ》いでいるのはすごく迷惑だし、格好悪いなあって思う。だから、ちょっとでも笑おう、話そうとしてみたけど、うまくいかなかった。何かのタイミングでまたぼろぼろ泣いてしまいそうで、私はただうなずいたり、かすかに笑って見せたりするくらいしかできなかった。

朝ごはんを食べ終わると、私は途方にくれた。することややりたいことは何一つないのに、自由な時間が目の前に山ほどあるのだ。それがこんなに苦痛だとは思いもしなかった。

まだ学校があればいい。朝起きて、学校に行って、授業を受けて、クラブをして帰る。そして、また朝になって登校する。そうやって繰り返していれば、少しは心を保っていられる。「学校に行かなくてはいけない」ということが、私を立たせてくれる。でも、運悪く今は冬休みだ。何の縛りもない。私は好きなだけ悲しみにくれていられる。自由な時間は全て大浦君のことを考えることに使われてしまう。それは不幸だ。


「ねえ。どうしてあげたらいい？」

仕事が休みらしく、朝ごはんの後、直ちゃんは一時間おきに私の部屋にやってきた。

「何もしてくれなくていいよ」

「って言ってもさ、そうやって妹に延々と固まられたら、慌てるだろう？」

私はベッドの上でただぼんやりと座り込んでいた。

「えっと、こういうのはどう？　佐和子が悲しんでたら、大浦君だってきっと悲しむよ。だから、佐和子は笑顔でいなくちゃだめだ。……ってだめかなぁ。じゃあ、悲しい分だけ、人は強くなるからさ。今、すごく悲しいかもしれないけど、この次、もっとすごい幸せが待ってる。だからそのためにも元気出せって。どう？」

私はどう答えていいかわからず、ただ小さく首をかしげた。

「ごめん……。俺、ボキャブラリー少ないからさ」

直ちゃんは肩をすくめると、部屋を出て行った。

昼過ぎには、直ちゃんは本を山ほど抱えてやってきた。「きっとみんな幸せになる」とか、「あなたを笑顔にするラブワード」とか「上手に生きる30の魔法」とか。もちろん、直ちゃんは本の内容なんて知らない。タイトルだけで、幸せになれそうなことが書いてあると判断して、買ってきたのだ。

「偉い人たちが言ってることだから、俺の言うことより説得力あるだろう？」

「そうなの？」

「そうだ。ほら、まず、えっと、『今、つらくたって、笑っていよう。あなたの涙が幸せの花を咲かせる肥料だよ』だって。なんだよ。これって俺のせりふを装飾しただけじゃん。俺も本出そうかなあ」

直ちゃんは笑った。きっといつもの私だったら、「それもいいね」なんて言いながら、直ちゃんと一緒にけらけら笑ったはずだ。だけど、今はまるでおもしろいとは思えなかった。

「って、いまいちだね……。こんないっぱい衝動買いしちゃって損したなあ」

直ちゃんはしょんぼりと本を抱えたまま出て行った。

夕方にはギターを抱えた直ちゃんがやってきた。

「今日はオールリクエスト特集なんだけど、何がいい？」

直ちゃんは他のことは何でもできるのに、ギターだけは恐ろしくへたくそだ。いつもでたらめな演奏にめちゃくちゃな歌詞を載せてご機嫌に熱唱している。私は、文句を言いながらも直ちゃんのギターを聴くのは嫌いではなかった。だけど、今は音楽なんて聴きたくなかった。あんなうるさいもの、身体の中に入れたくなかった。

「別にいいよ」

「遠慮しないでさ。ほら、何?」

「何って……」

「何でもいいよ。こんなチャンス二度とないよ。佐和子の好きな曲が聞けるんだぜ」

私がいつまでも黙っていると、勝手に直ちゃんはわけのわからない曲を歌いはじめた。

相変わらず、へたくそな歌、へたくそな演奏。私はただじっと、終わるのを待っているだけだった。

直ちゃんのしてくれることは、どれもありがたい。私だって、直ちゃんが滅入ってたら、あれやこれや手を尽くさずにいられないと思う。でも、直ちゃんの親切は何の足しにもならなかった。どんなことをしてくれたって、頭の中は大浦君のことだけだった。

6

次の日も一日部屋で過ごした。何もする気が起きず、朝からベッドの上でただぼんやりと考え込んでいた。時間はのろのろと進み、一日が延々と続きそうで不安になったが、濃い西日が窓から入り、一日が終わりそうになると、それもそれで悲しくなった。

夕食の時間に下に降りていくと、母さんが食卓にいた。

「あら佐和子。お邪魔してます」

母さんは自分の家なのに、そう言って笑った。

母さんはしょっちゅう我が家に来て、料理を作ったり、掃除をしてくれたりする。だけど、それだけだ。するべきことが終わったら、帰ってしまう。一緒に食卓を囲むことはない。母さんが家を出て五年、何もない日に家族四人が食卓にそろうのは初めてだった。

久しぶりに家族がそろった食卓。四人で食べる夕飯。すごく感動的なことなのかもしれない。だけど、私の心はまったく動かなかった。人が一人増えただけ。それだけだ。

「さあ、食べましょう。今日は父さんと力を合わせて料理したのよ」

母さんがにこやかに言って、みんなが手を合わせた。

夕飯は野菜とひき肉を何重にも重ねて、上にチーズを乗っけて焼いたグラタンと、きのこご飯と、たまねぎがたっぷり溶けたスープだった。こんがり焼けたチーズ、きのこの匂いがするご飯、甘いたまねぎのスープ。どれも私の好きなものだ。

「なんだか平茸《ひらたけ》とかエリンギとか調子に乗ってキノコをどんどん突っ込んだから、ご飯よりキノコのほうが多くなっちゃったのよね」

母さんが陽気に言って、父さんが少し笑った。

母さんがいるせいか父さんも直ちゃんもいつもより少しにこやかだ。食事はどれもおいしいらしく、ご飯もスープも何度かおかわりがされていた。でも、私の箸はちっとも進まなかった。それどころか、にぎやかな食卓にいることが、どんどん気持ちを滅入らせた。直ちゃんや父さんや母さんが悪いわけじゃないのに、陽気なみんなの姿を見るといらだった。

「家に戻ろうか」

夕飯が終わりかけたとき、母さんが思い出したように言った。

「へ？」

「母さん、ここへ帰ってこようかなって思うんだけど」

母さんは今度は私の顔を見ながら言った。

「別にいいよ。母さんが帰ってきても、どうしようもないから」

そんなつもりじゃなかったのに、私の声はとても冷たく響いた。

「そっか。そうだね」

母さんは静かにうなずいた。

母さんが気にしてくれているのはわかる。気を遣わせてしまって申し訳ないと思う。でも、母さんが家に戻ろうが、どこか遠い外国へ行こうが、今の私にはどうでもいいことだった。

私が願うのは大浦君に戻ってきてほしい。それだけだ。

もし、願いが叶うなら、十一月二十四日に戻してほしい。そしたら、新聞配達なんて絶対反対だって言うのに。いや、バイトなんてしないで。ともいえる。十二月二十四日の朝だっていい。新聞配達をする大浦君に、がんばってじゃなくて、気をつけてねって言えばよかったのだ。大浦君を失わずにすむチャンスはたくさんあって、でも、どれも叶わないことだった。どんなにがんばっても、もう大浦君は戻っては来ないのだ。

「変だよね」

私はお箸を置いて、口を開いた。

「どうしたの？」

母さんが神妙な顔で私を見つめた。父さんも直ちゃんもじっと私の言葉を待っている。

「父さんはさ、死にたかったのに、失敗してずっと生きてる。だけど、大浦君は死にたくなんかなかったのに、死んじゃうんだもん。死にたい人が死ななくて、死にたくない人が死んじゃうなんて、おかしいよ。そんなの不公平だよ」

言ってから、しまったって思った。ひどいことを言ってしまった。だけど、出てしまった言葉はもうどうしようもない。きっとひどく叱られる。でもそんなことすらどうでもよかった。私はうつむいて、誰かの言葉を待った。

「かわいそうに」

しばらくして直ちゃんが言った。

「そんなこと言うほど、佐和子は傷ついてるんだね」

直ちゃんの静かな言葉に、私は何も言えず、またしくしく泣いた。

私はどんどん嫌なやつになっている。こんなんじゃだめなのに、もっとちゃんとしたいのに、ちっともうまくいかない。

7

次の日も、その次の日も同じだった。母さんは来なくなって、直ちゃんが部屋を覗く回数は減ったけど、ほとんど変わりはなかった。

朝起きて、三人で朝食をとり、部屋に戻り、ぼんやり考え込む。昼過ぎに下へ降り、父さんと昼食をとり、また部屋へこもる。夕方にほんの少し散歩に出ることもあったけど、後は夕飯を食べて寝るだけだ。夜中は何度も目を覚まし、ただ浅い眠りを繰り返した。このまま身体が腐ってしまうんじゃないかと思うほど、私は泣いて、そのまま布団で過ごした。

また同じように朝がやってきた。私がのろのろと重い身体で降りていくと、食卓の雰囲気が何か違う。私のせいでどんより重いのはいつも通りだけど、なんだか華やいでいる。よく見ると、テーブルに並んでいるのは御節《おせち》だった。

そうだ。知らない間に、着々と時間が流れるどころか、年までが変わっていたのだ。

「いやあ、今年はデパートの御節料理を注文しちゃったよ」

父さんが陽気に言い、直ちゃんが、

「たまにはこういう高級料亭のもいいかもね」

と、嬉しそうにお重を開けた。

「あれ……、母さんは？」

私はお正月のくせにしんとしたリビングを見回した。離れていても、さすがにお正月は母さんもやってくる。それに、御節は毎年母さんが作ってくれていたはずだ。

「母さんは出かけてる」

父さんが言った。

「出かけてるって、お正月から？」

「ああ」

「ああって、どこに？」

「何て言ったかなあ。ほらあれ、巡礼とか言うの。そういうのに、行ったらしいよ」

父さんが他人事のように言った。

「巡礼って……？」

「お遍路さんとか西国三十三箇所めぐりとか、そういうのじゃないのかなあ」

「そういうのじゃって……」

四国に行くのも西国に行くのも大変だ。なのに、父さんも直ちゃんもさほど気に留めている風ではなかった。

「まあ、いいじゃん。早く食べよう」

直ちゃんはさっさと席に着くと、私の分まで小皿に一通り御節を盛り付けてくれた。

「でも……」

「きっとすぐ帰ってくるさ」

父さんもそう言って、箸を手にした。みんながこともなげに言うので、私は腑に落ちないまま、自分の席に着いた。

数の子、黒豆、くわい、田作り。幸せになる品々が御節の中には詰まっている。去年も私はちゃんと御節を食べていた。だけど、幸せになんかならなかった。

父さんも直ちゃんも、それしか言うことがないかのように、何度もおいしいと言った。確かに高級料亭の御節は上品で奥深い味がした。だけど、母さんの作る御節のほうがずっとおいしい。私はそう思いながらも、やっぱり一通り幸せになれそうなものをきちんと食べた。


二日は、朝からマキコと智恵がやってきた。

「辛いのはわかるけど、ほら、身体に悪いよ。一緒に遊びに行こう。ね」

と、二人で外へ連れ出してくれた。

ここ何日もベッドの上でぼんやり過ごしていたから、身体がなまっていた。病気でもないのに、私は少し街を歩くだけでふらふらした。

「ぱーっと盛り上がって、ぱーっと楽しもう」と言いながら、二人が連れて行ってくれたのはカラオケだった。私はカラオケなんてちっとも行きたくなかったけど、友達の気持ちはすごく嬉しい。楽しそうにしなくてはだめだ。そう思って、マキコや智恵の歌声に必死で手拍子をして笑って見せた。

だけど、まるで集中できなかった。こんなに大音量なのに、歌声や伴奏はどんどん遠のいていった。目の前にマキコや智恵がいるのに、一人でいるときと同じように、頭の中にはやっぱり大浦君が浮かび上がってきた。

大浦君と初めてデートしたのは神社だった。父さんの受験のお守りを一緒に買いに行った。二人でお参りをして、帰りに引いたおみくじに、恋愛は破れると書いてあった。

大浦君はそれにひどくショックを受けたらしく、「まったくありえない。こんなおみくじ当てになるもんか」と言いながらも、絵馬やら恋愛成就のお守りやらを買いあさった。私が「神社の思う壺だよ」と注意したのに、聞く耳を持たなかった。その時私は、大浦君と結婚したら宗教や博打にはまらないように気をつけないといけないなと、思ったのだった。

一つ思い出すと、芋づる式に大浦君との出来事がつらつらと出てきた。

大浦君はいつでもキスする前に、「キスしていい?」って訊く。それが余計照れくさくて私は嫌だった。

「どうしていちいち訊くの?」

「だって、お前と俺って、身長差があるだろう?」

「それがどう関係あるのよ」

「キスするまでのスパンが長いじゃん。そうするとだな。俺がキスしようとしてる間に、お前は逃げることも可能なわけだろう?」

「は?」

「いや、だからさ、逃げられたら俺ショックだし、前もって訊いておこうって思うの」

「逃げるわけないのに」

「そうなの？」

「そうなのって、私だって、大浦君のこと好きなんだよ」

「そっか。そうなんだな」

大浦君は嬉しそうに笑った。

もっともっと、ちゃんと愛していることを伝えてあげればよかった。

思い出すことも、後悔することも山のようにあった。誰といても、何をしても、結局大浦君がいたらなあ。思うのはそれだけだった。

「ねえ、佐和子、次デュエットしようぜ」

マキコにマイクを渡され、私は「おう」と言って、立ち上がった。

こんなところで、ぐだぐだしてたら友達に悪い。マキコも智恵もたぶん親友だけど、正直に不機嫌な態度をとって許されるほど、深くない。大事にしないとだめだ。大浦君以外のものはどうなったっていい。そう思うけど、今、マキコや智恵にまで嫌われたら、辛い。

私はへらへら笑って、マキコと一緒によく知りもしない歌を歌った。

8

正月明け、朝食の後始末をしていると、スーツを着た父さんが部屋から出てきた。

「どうしたの？」

「どうしたって？」

「その格好。どこか行くの？」

「どこかって予備校」

「こんな早くから？」

父さんのバイトは夕方からのはずだ。

「定職にしたんだ。バイトから正職員になった。すごいだろ？」

「正職員って、受験は？　大学に行きたいんじゃなかったの？」

「ああ。まあ、そんなことはどうでもいい。さあ、行ってくるか」

父さんはそう言うと、普通の家のお父さんみたいにネクタイを締めて出ていった。

私はわけがわからず、父さんの後ろ姿をぼんやり見ていた。母さんは巡礼に行き、父さんは正職員になった。みんなどうしてしまったっていうのだろう。

父さんがいなくなると、部屋はとたんにしんとした。考えてみたら、昼間は父さんがいて、夜は直ちゃんがいる。いつも家の中には私以外の誰かがいた。この家で一人ぼっちになるのは久しぶりで、私は心細くなった。

いつも部屋にこもっているくせに、静まり返った家の中に一人でいるのは気持ち悪い。私は鶏の様子でも見ようと庭に出た。ガブリエルはヨシコに食われただろうけど、末子とチッチがまだいるはずだ。

「あれ？」

私は目をこらして見た。おかしなことに鶏小屋には三羽の鶏がいる。寒くて動きが鈍いけど、ガブリエルも一緒にパタパタ羽を動かしている。

ガブリエルはローストチキンにされなかったのか。やっぱりヨシコに嫌がられたんだ。

「かわいそうにねえ。せっかくクリスマスに向けて太ったのに」

私は一人でそう言いながら、鶏小屋の前にしゃがみこんだ。まったく、ヨシコはひどい女だ。私だったら、大浦君がプレゼントしてくれるものなら、鶏だろうと自画像だろうと、大喜びで受け取るのに。

無駄に太ってしまったせいで、ガブリエルは他の二羽より苦しそうに動いている。食べられちゃうのも、食べられないのも、どっちもかわいそうだ。

じっと小屋の前で鶏を見ていると、チャイムが聞こえた。玄関の方に目をやると、女の人が立っている。押し売りだったら面倒だなと思いながら近づいてみると、とてもセールスには見えないげっそり痩せた貧相な女の人がいた。

「えっと……」

私が首を傾げると、女の人は「大浦勉学の母です」と頭を下げた。

「勉学がとてもお世話になっていました」

「いえ……」

私は戸惑いながらお辞儀をした。

大浦君のお母さんとは今までにも何回か会ったことがある。だけど、こんな人じゃなかった。大浦君のお母さんはもっと若くてはつらつとした人だった。たった一週間やそこらで、人はこんなに変わってしまうのか。私はお母さんの姿に胸が痛んだ。

「これ、あなたに」

お母さんは私に紙袋を差し出した。

「何ですか？」

「クリスマスプレゼントなんでしょうね。勉学が死ぬ五日ほど前に買って……」

そう言って、お母さんはくすりと笑った。

「よっぽど嬉しかったんでしょうね。何回も何回も袋から取り出しては、包みを眺めてました。だから、もう包みがしわしわでしょう？」

「そうですか……」

私にもその大浦君の姿が想像できて、お母さんと同じように小さく笑った。

「迷惑かもしれませんが、もらっていただけますか？」

「そんな……ありがとうございます」

私は深く頭を下げた。

人は時々、いつもと違うことをする。それは知らない間に、何かの予感が身体のどこかにあって、そうしてしまうんだと思う。

大浦君の苦手教科は国語だ。通信簿は十段階の四で、毎回赤点ぎりぎりだった。特に作文はもっとも苦手らしく、私は高校に入ってから二回、彼の代わりに読書感想文を書いてやった。その大浦君が私に手紙を書いた。それも便箋三枚にわたる長いものだ。これは奇跡だ。普段の大浦君なら絶対そんなことしない。

佐和子へ

メリークリスマス。

付き合い始めて、二年、俺はお前に会ってすごいよかったって思う。西校受かったのも、新聞配達なんて面倒なことできたのも、中原がいたからだと思う。

本気で好きなんだって思うよ。

で、考えたんだけど、いつかさ、中原って、大浦佐和子になるじゃん、っていうか、これはプロポーズじゃないんだけどさ、最終的にはそうなるだろ？　前も言ったけど、大学はばらばらになる可能性が高いから、なんていうか、別れることもあると思う。そりゃ、ずっと一緒にいられたら最高だけど、年取って会社入って、そしたら、俺さ、ＯＬとかに言い寄られるかもしれないし、お前だって、すげー格好いい上司にさ、惚れられるかもしれないし。それだけだったらまだいいけど、転勤とかもあるかもしれない。俺が北海道で、お前が沖縄とか。そんなことになったら、一ヵ月に一回も会えないかも。やばいよな。

ややこしくなってきたけど、結局、言いたいのはそういういろんなことがあって、何回か離れたりすることがあるかもしれない。でも、やっぱり最後に俺らは一緒になるって思う。それは確信してるんだ。

その時さ、お互いを「大浦君」「中原」って呼び合うのって変だろう。夫婦別姓ってのもあるけど、俺はそういうハイカラなのは苦手だしな。だいたい両親が大浦君、中原って呼び合っていたら、俺らの子どもが混乱してかわいそうだ。だから、俺、中原じゃなくてお前のこと佐和子って呼ぶことにする。俺、ばかだから今のうちから練習しとかないと、一生お前のこと中原って呼んでしまいそうだし。だから、今日から佐和子って呼ぶ。お前は賢いから、結婚してからでも大丈夫だろうけど、でも、やっぱり早いとこ、大浦君じゃない呼び方を考えておいてよ。

それが今年のクリスマスの宣言だ。

悲しいはずなのに、手紙は笑えた。国語赤点ぎりぎりの大浦君の手紙は、下手すぎて傑作だった。手紙に向かって、何回か「そんなばかな」ってつっこみそうになった。手紙らしかったのは出だしだけで、後は普段のしゃべり言葉と一緒だ。想像を広げて、一人で盛り上がる。そして勝手に宣言する。だけど、だから悲しかった。大浦君がそのままこの便箋の中にいるみたいだった。

こんなことなら、最後の日の朝、大浦君じゃなくて他の呼び方をすればよかった。

手紙を読み終えた私は、お母さんの言うとおり、くしゃくしゃになってしまった包装紙を開けた。プレゼントは偶然にもマフラーだった。薄いピンクのすごく肌触りの良いカシミアでできたブランド物だ。こんなの高校生には早いのに。私は箱から取り出して、そっとマフラーを首に巻いてみた。

きっと、大浦君はバイト代全部握り締めて、デパートに行き、「この中で一番高くてすごいマフラーください」そう店員に詰め寄ったのだ。困惑する店員に「とにかく一番すごいマフラーがいいんです」と強引に言って、店にいる人たちを笑わせたに違いない。

大浦君の行動はいとも簡単に、とても確かに想像できた。それほど、私たちは一緒にいたのだ。

きっと、今の私を見たら、大浦君はがっかりするだろう。大浦君は私をすごい優しいやつだって言っていた。すごいいいやつだって時々感動していた。今の私は大浦君が好きな私とは全然違う。だけど、どうしようもない。大浦君がいないと、私は本当どうしようもなく、だめで、嫌なやつになってしまう。大浦君がいなくたって、元気で笑っていたい。そうじゃなきゃだめだって思うけど、どうすればいいかわからない。

私はマフラーを外すと、丁寧に箱の中にしまった。せっかくのマフラーなのに、使うのがいいのかどうか、よくわからなかった。こんなものを巻いていたら、苦しくてたまらないし、大浦君にはプレゼントを渡せなかったのに、私だけがもらってしまうなんて、申し訳ない気がした。

くしゃくしゃになった包装紙で包みなおしていると、二つのがさつなノックが聞こえた。いったい誰だろうと驚いていると、

「もう、あんたが暗いと大迷惑なんだけど」

と、でかい声を出しながら小林ヨシコが入ってきた。

「何ですか」

「何ですかって、あんた、玄関の鍵、開けっ放しよ。私が来なかったら、今頃どろぼうに襲われて、めちゃくちゃにされてたわよ」

「はあ……」

「はあ……じゃないわよ。間が抜けてるわね」

ヨシコはえらそうに言うと、勝手に座布団を引っ張り出して、私の部屋の真ん中にどかっと座り込んだ。ヨシコはいつもと違って、セーターにジーンズというシンプルな服装で、香水もアクセサリーもつけていない。どうやら直ちゃんに会いに来たのではなさそうだ。

「で、どうしたんですか？」

私もとりあえず座布団を敷いて、ヨシコの前に座った。

「どうしたもこうしたもないわよ。あんたが、落ち込む、そうすると、あんたの兄ちゃんも落

ち込む。そしたら、恋人の私はちっとも楽しくないじゃない」

わざわざそんなことを言いに来たのか。私は何も答えず顔をしかめた。

「ちょっと、そうやってふてくされないでよ。せっかく来たのに」

「だから、何の用なんですか?」

「用っていうかさ……」

ヨシコは不似合いにも言いよどんでいるようで、言葉を続けず部屋の中を見回した。

「何ってことはないんだけど。……あれ? あれって、あんたが編んだの?」

ヨシコは目ざとく私が編んだマフラーを棚の中から見つけると、勝手に引っ張り出してきた。

「だから何なんですか?」

「これって、恋人にあげるつもりだったやつ?」

「そうですけど」

「もったいないじゃん。あげずにこのまま置いておくの?」

「私の勝手です」

「そりゃそうだけど」

ヨシコはマフラーを自分の首に巻いてみて、なかなかいいねえと、一人で納得した。

「あの、いったい何の用なんですか?」

私はヨシコからマフラーを取り上げながらもう一度聞いた。用がないなら、さっさと帰ってほしい。

「用ってほどじゃないんだけど……」

「じゃあ、何ですか？」

「いやあ、簡単にさっさとやるつもりだったんだけど、何かすごい難しいよね」

ヨシコは珍しく困った顔を見せた。

「あのさ、私すごい口下手だからさ、うまく表現できないと思うんだけど、あんたうまいこと、いいように解釈してくれる？　私って、普段いいやつじゃないから、嫌味に聞こえるかもしれないけど、本当、悪気はないから。まあ、うまいこと聞いて」

「は？」

ヨシコの言いたいことはまるでわからなかった。だけど、ヨシコは私の疑問などよそに、勝手に前振りを済ませると、話しはじめた。

「あのさ、言葉悪いけどさ、恋人はいくらでもできるよ。もちろん、今、そんなこと言うの最悪だってわかってる。でもね、そうだよ。恋人も友達も何とかなるよ。あんたの努力しだいで。あんたさ、すごいいい子だもん。いや、まじでそう思ってるよ。だから大丈夫。絶対、また恋人はできる。私が保証してあげる。っていうか、もし、できなかったら、私が探してきてもいいし。でも、家族はそういうわけにはいかないでしょう？　お兄ちゃんの代わりもお父さんの代わりもあんたの力ではどうすることもできないじゃん」

「だから大事にしろってこと？」

「まあね。もっと大事にしろって思うし、もっと甘えたらいいのにって思うよ」

「意味がわかんない」

私は顔をしかめたままで首をかしげた。

「家族は作るのは大変だけど、その分、めったになくならないからさ。あんたが努力しなくたって、そう簡単に切れたりしないじゃん。だから、安心して甘えたらいいと思う。だけど、大事だってことは知っておかないとやばいって思う。まあ、とにかく、あんたはちゃんと元気になれる環境にいると思うし、元気にならないといけないとも思う。別に急がなくてもいいし、どんな風でもいいんだけど、もう少し元気出してよ。って思ってるんだって、私だってさ」

ヨシコはやけくそのように言って、かばんから紙袋を取り出すと、私に押し付けた。

「これ、あげる」

「何ですか？」

ヨシコに渡された紙袋はずっしり重く、甘い匂いがする。

「シュークリーム。十二個入ってるんだ。でも、全部あんたが食べたらいいよ」

私は突然ヨシコにシュークリームをプレゼントされ、ますます首をかしげた。

「全然違うってわかってるんだよ。でも、他に方法がわからないんだ。あんたがどうしたらいいかわかんないように、私はもっとどうしたらあんたが元気になってくれるのかわかんないから……」

小林ヨシコは照れくさそうに笑った。

このとき初めて、私は直ちゃんがこの人を好きになった理由がわかったような気がした。

「いいんですか?」

「いいよ。とにかくちょっとでも復活してよ。あんたが元気になるまで、ローストチキンもお預けなんだからね」

ヨシコはいたずらっぽく笑うと、部屋を出て行った。

私はヨシコが帰るとすぐに、シュークリームを袋から取り出した。すごく甘いバニラの匂いがする。私はさっそくシュークリームを口に入れた。久しぶりに食べるお菓子はとても甘く、とてもおいしく感じた。だけど、二個食べたらお腹がいっぱいになって、三個目からはクリームが濃くて吐きそうになった。でも、私はまじめにシュークリームを片付けた。飲み物がなくて途中で苦しくなったけど、十二個ともきちんと食べた。

ヨシコのシュークリームはクリームはそこそこおいしかったけど、皮は膨らみが悪くてかすかすだった。何より十二個中、四個に卵の殻が入っていたのには参った。

ヨシコは不器用だけど、シュークリームはよく作って我が家に持ってくる。初めこそ、殻が入った不恰好なシュークリームを持ってきたが、最近のヨシコのシュークリームはとても上手なものばかりだ。

私もシュークリームを何度か作ったことがある。それほど難しくはないけど、失敗の多いお菓子だ。きっと、ヨシコはいつも苦労してたんだ。今日は直ちゃんじゃなく私のために作ったから、こんなだけど。

シュークリームのおかげで胃は気持ち悪くなった。だけど、たくさん食べたせいか、甘いものを身体に入れたせいか、少しだけ元気になったような気がした。

夕飯はマーボー春雨、揚げ出し豆腐、鰯の蒲焼だった。昨日の夕飯はエビチリで、一昨日は鮭のクリームグラタンだった。この二週間、朝も昼も夜も、メニューは私の好物ばかりだ。

「この豆腐は予備校の帰りに商店街の豆腐屋で買ってきたんだ。いつものよりずっとおいしいぞ」

父さんがそう言いながら揚げだし豆腐を口に入れた。私も真似して豆腐を口に入れようとしたけど、あまりにお腹が膨れていてうまく飲みこめなかった。

「いいよ、無理しなくて」

「揚げ出しにしたのがよくなかったのかな。冷奴にした方が食べやすかったかもな」

心配そうな父さんと直ちゃんに、私はちょっと吹きだしてしまった。

「どうした？」

二人とも驚いて私の顔を覗きこんだ。

「本当はね……。お腹いっぱいなんだ」

「お腹がいっぱいって？」

「さっき、シュークリーム食べたから」

「へ？」

「小林ヨシコ特製の超濃厚なやつ。一気に十二個も食べちゃったんだ」

私はそう告白して、くすくす笑った。

「どうして独り占めするんだ。一個ぐらいまわしてくれてもいいじゃん」

直ちゃんも笑った。

「でも、十二個中、四つに卵の殻が入ってたんだよ。ひどいでしょ？」

「そっか。佐和子用だったんだな」

直ちゃんは納得したようにうなずいた。

母さんは正月早々巡礼なんかに行ってしまい、父さんは猛勉強をしていたくせに受験をあきらめ、直ちゃんとヨシコのクリスマスも遠のいた。私のためにいろんなことが少しずつ崩れてしまった。どうしてこんなことが許されるのだろう。それは、きっと家族だからだ。だけど、いつまでも甘えてばかりいてはいけない。

「父さん、私、わかった」

「何が？」

「父さんの自殺、未遂に終わってすごくよかったってこと。今、私すごくくたびれてる。こんな辛いこと他にないと思う。もし、父さんがあの時死んでたら、私まだ十六なのに、二回もこんな思いをしなくちゃいけなかった」

「そうか」

父さんは喜んでいいのか悲しんでいいのかわからないような顔をした。

「別に受験、あきらめなくてもよかったのに。せっかくあんなに勉強してたのに。今年は受かったかもしれないよ」

「いや、それはいいんだ」

「どうして？」

「どうしてって……。父さんさ、やっぱりちゃんと生きなくちゃって思った。そして、父さんにとって、ちゃんと生きるってことは父さんとして生きることだって思った。父さんなんてものにとらわれるのは嫌だって思って、今までの自分を捨ててみたけど、だけど、父さんは父さんで、やっぱりそういるのが一番落ち着く。とにかく父さんでいたいんだ」

「何それ？」

私が首を傾げて、

「父さん、いっぱい父さん、父さんって言いすぎて、意味が不明になってるよ。主語述語がめちゃくちゃだ」

と、直ちゃんも顔をしかめた。

「まあ、結局は予備校で働くのが楽しくなったってだけなんだけどな」

父さんはそう言って、笑った。まだ少し重いけど、久々にちゃんとした食卓だ。私は二人が笑うのを見て、そう思った。

母さんはお参りに行き、父さんは全うな父さんになり、直ちゃんはガブリエルの延命を図った。そんなことで、私は元気になれない。大浦君が生き返る方法が一つもないように、私が手っ取り早く復活できる方法もない。だけど、どんなときだって、私の周りにはそういうものがちゃんとある。

「なんだかヨシコさんに迷惑かけちゃったな」

私がぼそりと言うと、

「でも、佐和子のおかげでガブリエルは助かったって喜んでたよ」

と、直ちゃんが笑った。

9

巡礼に行ったはずの母さんはアパートにいた。

「きっと挫折して戻ってる頃だろうと思ったんだ」

私が言うと、母さんは顔をしかめた。

「失礼ね。ちゃんとやり遂げたわよ」

「ほんと？　こんなに早く終わるものなの？」

「そうよ。やり遂げるどころか、三回も巡礼したわ」

私は意外な事実に目を丸くした。

「どこに行ったの？　四国？　関西？」

「違うわ」

「じゃあ、どこ？」

「若松神社と、金剛神院。ついでに公園の前の地蔵にまで参ったわ」

若松神社も金剛神院も、もちろん公園前の地蔵も、ここから歩いて二十分もあれば、十分回れるところにある。

「それが巡礼？」

「違うの？」

母さんがなんか文句あるって顔をして見せた。

「まあいいや。これ、あげる」

私はきれいに包んだ箱をテーブルの上に置いた。

「何これ？」

「小林ヨシコ特製シュークリーム。今日一緒に作ったんだ」

今日、朝からヨシコの家でシュークリームを作った。小林ヨシコは教えてやるって誘ったくせに、「見て盗め」と言ったきりで材料の説明もなく、勝手に作りはじめた。仕方ないので、私も横で自分の作り方でシュークリームを作った。なのに、出来上がったとたん、これはヨシコ特製シュークリームだと勝手に命名されたのだ。

「あら、今から姑に取り入ろうって魂胆ね」

母さんは箱を開けながら言った。

「違うよ。ヨシコはこんな手は使わないって。母さんに取り入るときは、もっと大胆でずるい方法に出るはずよ。だから、注意して」

「そっか。わかったわ」

母さんは神妙な顔をしてうなずくと、さっそくシュークリームを口に入れた。

「うん。おいしい」

「ほんと？」

「うん。ヨシコさんがいい人だってちょっとわかる気がする」

「それはよかった」

私はシュークリームには手をつけず、母さんが入れてくれた紅茶を飲んだ。さすがにこないだ十二個も食べたから、シュークリームはもうこりごりだった。

「あれ？　これって母さんが編んだやつ？」

リビングの隅に置かれた紙袋には無造作にマフラーやらセーターが詰め込まれていた。

「まあ、ね」

母さんは悪いものでも見つかったかのように、そそくさと立ち上がると紙袋をさらに隅に追いやった。

「父さんや直ちゃんにあげるんじゃないの？」

「そうね」

「クリスマスプレゼントじゃなかったの？」

「まあ、そうね」

「あげなよ」

「へ？」

「あげて。だって、こんなのすごくもったいないよ。私もあげるんだ。マフラー。せっかく作ったから。だから、母さんもあげて」

誰にも渡されないプレゼントはちょっと悲しい。マフラーを作ること自体、合理的じゃないけど、それを巻く人がいないのはもっともっと合理的じゃない。

「わかったわ」

母さんはそううなずいて、二個目のシュークリームを食べた。


大浦君の家のチャイムを鳴らすと、お母さんが出てきた。きちんとした服装をしているけど、こないだと変わらず疲れきっていた。お母さんは、「わざわざ来てもらって」と弱々しい声で言いながら、中に招いてくれた。

何回か遊びに来たことのある大きな家。木でできたまだ新しい家で、インテリアも凝っている。だけど、前とは全然違う。花がそこらじゅうに飾られ、お母さんの趣味のパッチワークが飾られたおしゃれな家だったのに、今は殺風景でがらんとしている。

奥の部屋に大きな仏壇があって、大浦君の写真が飾ってあった。ちっともかわいくない花が生けられ、おいしくもなさそうな饅頭が供えてある。死んでしまうのは、本当に悲しい。

私は今度はきちんとお線香を上げ、大浦君に手を合わせた。今日までたくさん大浦君のことを思い出して過ごした。後悔したり嘆いてみたり、大浦君のことばかりを思い浮かべて時間を過ごした。そのせいか、今日はとても現実的な気持ちで、ただ大浦君が安らかに眠れるようにと祈ることができた。

「これ、あの、いらないかもしれないですけど……」

お線香を上げ終え、リビングに通された私はお母さんに紙袋を差し出した。大浦君に作ったマフラーだ。渡しても迷惑かもしれない。そう思ったけど、大浦君の元に届けずにいられなかった。

「クリスマスプレゼントね」

お母さんは静かに微笑んだ。

「ええ。なんだか今更なんですけど。マフラーなんです」

「まあ、中原さんが作ったの?」

「ええ、まあ」

お母さんはせっかくだからと、包みを開けてマフラーを取り出すと、すごくすてきね、とほめてくれた。

「お渡ししても、迷惑だとは思ったんですけど」

「すごく喜んでると思うわ……」

お母さんはマフラーをしばらく手に持ってじっと考え込んでいた。それから思いついたように顔を上げた。

「これ、あげちゃだめかしら?」

「へ？」

「このマフラー、勉学に渡してやれるんだったら、どんなことでもして渡してあげたいと思う。だけど、私じゃどうしようもできない。どれだけ仏壇に供えていたって、勉学の首に巻かれることは永遠にないし……。せっかく、中原さんが作ったんだもの。使わないともったいないと思わない？　マフラーまで勉学と一緒に眠らせておくなんてすごく悲しい」

「ええ……」

お母さんの言うことがいまいちよくわからないまま私は相槌を打った。

「だから、あげちゃだめかしら？　寛太郎にあげちゃだめかしら」

「寛太郎君に？」

寛太郎君は大浦君の三つ年下の弟だ。と言っても、私は写真でしか見たことがない。お葬式のときにもいたのだろうけど、そのときには気づかなかった。

「ね。中原さんがいやじゃなかったら、そうしましょう」

お母さんはそう言うと、私の返事を待たないまま、弟を呼んだ。

部屋から出てきた弟は私の顔を見ると、ぶすっとしたまま頭を下げた。大浦君と似ているのは目元だけで、後はあんまり似ていない。愛想の良い大浦君とくらべて、ふてくされた表情のせいか、ずいぶん大人びて神経質に見えた。

「えっと、中原佐和子です」

「こんにちは」

弟はそう言っただけで、自分の名前を名乗ろうとはしなかった。大浦君の話では弟も大浦君同様、自分の名前を気にいってないらしい。まったくうちの親はネーミングのセンスがないからと嘆いていた。

「これ、中原さんがお兄ちゃんのためにって作ってくださったんだけど、お兄ちゃん、いなくなっちゃったでしょう。だから、せっかくだから寛太郎にって」

お母さんに強引にマフラーを渡され、断ることもできず、弟は無愛想な顔のままマフラーを受け取った。

「あの、えっと、ごめんなさい」

弟がちっとも嬉しそうじゃないのを見て、私の方が戸惑ってしまった。そりゃ、死んだ兄ちゃんへのプレゼントを渡されたら、誰だっていやな気分がするだろう。

「あの、こんなのいらないよね……」

「いえ、ありがとうございます」

弟は、ちっともありがたくない声であたふたする私にそう言った。

お母さんに見送られて、大浦君の家を出ると、ぱらぱらと雪が舞っていた。今年は暖冬だと言いながら、雪がよく降る。私はどんより重い灰色の空を見つめた。空の奥からは次から次へと細かい雪がこぼれ落ちてくる。

空を見上げながらとぼとぼと歩いていると、足音が聞こえた。なんだろうと振り返ると、大浦君の弟だ。マフラーを巻いたままでこっちへ歩いてくる。

私に追いつくと、弟はむすっとした顔のままで足を止めた。何か用だろうか、私が首をかしげると、弟はぼそりと、

「タイミングがいい」

と言った。

「タイミング？」

私はさっぱり意味がわからず、そのまま聞き返した。

「明日から三学期だから。マフラー。学校に巻いていく」

弟はにこりともせずに言った。そうだ。また明日から学校が始まるのだ。

「そっか。そうだね。じゃあ、私もそうする」

「二本作ったの？」

「いや、お兄さんにもらったから。マフラー」

「おそろいか」

弟がつぶやいた。

もちろん、おそろいじゃない。お兄さんがくれたのは高級品で、私があげたのは手作りだ。色もデザインも全然違う。そう説明しようと思ったけど、取りやめた。

「でも、ちょっと長すぎるね」

私は弟の首からだらりとたれているマフラーの端っこをつまんだ。大浦君に似合うだろうと思って作った紺のマフラーは弟にもよく似合っていた。だけど、大きい大浦君に合わせて作っ

たから、弟には少し長すぎる。

「大丈夫だよ」

「そう?」

「大丈夫。僕、大きくなるから」

「そっか。そうだね」

私が言うと、弟は大きくうなずいた。

無駄になると思ったマフラーは弟の首元でちゃんと巻かれている。私は大きなものをなくしてしまったけど、完全に全てを失ったわけじゃない。私の周りにはまだ大切なものがいくつかあって、ちゃんとつながっていくものがある。

「じゃあ、行くね」

「うん。さよなら」

無愛想な弟はにこりともせずに、それでも、大浦君と同じように、いつまでも私のほうを向いて手を振っていた。

瀬尾まいこ（せお・まいこ）
1974年、大阪府生まれ。2001年、『卵の緒』で第7回坊っちゃん文学賞の大賞を受賞し、デビュー。二作目の『図書館の神様』、三作目の『天国はまだ遠く』ともに注目を集める。京都府内で中学校の教員として勤務。

初出

「幸福な朝食」	「小説現代」	'03年3月号
「バイブル」	「小説現代」	'03年11月号
「救世主」	「小説現代」	'04年3月号
「プレゼントの効用」	「小説現代」	'04年6月号

幸福《こうふく》な食卓《しょくたく》

第一刷発行　二〇〇四年十一月十九日
第十二刷発行　二〇〇六年十二月十三日

著者　瀬尾まいこ《せお　まいこ》
発行者　野間佐和子
発行所　株式会社講談社
東京都文京区音羽二・十二・二十一
郵便番号　一一二・八〇〇一
電話　出版部　〇三・五三九五・三五〇五
販売部　〇三・五三九五・三六二二
業務部　〇三・五三九五・三六一五

本文データ制作　講談社プリプレス制作部
印刷所　大日本印刷株式会社
製本所　黒柳製本株式会社

定価はカバーに表示してあります。
落丁本・乱丁本は購入書店名を明記のうえ、小社業務部あてにお送りください。送料小社負担にてお取り替えいたします。
なお、この本についてのお問い合わせは文芸図書第二出版部あてにお願いいたします。

ISBN4-06-212673-7
N. D. C. 913　231p　20cm